Susannah
Die Highland-Königin
The Highland Queen

Stefan Radoi wurde 1978 geboren. Bereits in der Schule schrieb er erste Geschichten. Die Zeit des Wehrdienstes war eine äußerst kreative, ebenso die Semester an den verschiedenen Hochschulen und Universitäten. 2006 erschien seine erste Sammlung kurzer Geschichten und Erzählungen „Meine Verbrechen". Der Autor lebt bei Frankfurt am Main.

Für mehr Informationen: www.stefan-radoi.de

Stefan Radoi

SUSANNAH
Die Highland-Königin
The Highland Queen

Eine Liebesgeschichte
A Love Story

Bibliografische Information der Deutschen Nationalbibliothek:
Die Deutsche Nationalbibliothek verzeichnet diese Publikation in der
Deutschen Nationalbibliografie; detaillierte bibliografische Daten sind im
Internet über dnb.d-nb.de abrufbar.

Copyright © 2010 Stefan Radoi

Herstellung und Verlag: Books on Demand GmbH, Norderstedt
2. Auflage

Zeichnungen:
Gunnar Otto (Seiten 21, 64)
Hans-Peter Scherbaum (Seiten 33, 56)
Michael Dieringer (Seiten 10, 90)
Stefan Radoi (Titelbilder und Seiten 45, 74, 75)
Alle Rechte hinsichtlich der Zeichnungen verbleiben bei deren jeweiligem Urheber.
Jegliche Art der Vervielfältigung, Veränderung oder Vermarktung der Zeichnungen
außerhalb dieses Buches sind ausdrücklich untersagt und bedürfen in jedem Falle
der vorherigen Zustimmung und schriftlichen Genehmigung des Urhebers.

Satz und Gestaltung: Jeannette Hesse

ISBN 978-3-8391868-6-2

www.stefan-radoi.de
www.stefan-radoi.com

Inhalt

Die Personen

Susannah	wunderschöne, junge Frau, soll König Hamish heiraten
Hamish	tyrannischer, rücksichtsloser und gieriger Herrscher
Shirley	die schönste schottische Elfe und beste Freundin Susannahs
Mutter	Susannahs Mutter, Vertraute, Freundin, die am Tod des Ehemanns zerbricht
Hazel & Zoë	Elfen und Freundinnen von Shirley
Bernard	Schäfer und Überbringer von schlechten Nachrichten
Euan	schöner Krieger, der sich Hals über Kopf in Susannah verliebt
Cameron	ein geheimnisvoller Zauberer
Susannah	wunderschöne, junge Frau
Gäste der Hochzeit	
viele andere Elfen	

roßmutter, komm schon! Warum bist du denn so langsam?"

Ein Zehnjähriger und seine jüngeren Geschwister, die geradewegs auf eine Ruine zurannten, die früher einmal ein enormes Schloß gewesen sein mußte, stoppten ihren Lauf und warteten auf die alte Dame, damit diese zu ihnen aufschließen konnte.

„Ich komme ja schon, eine alte Frau ist doch kein D-Zug!" Ihre Sandalen stießen kleine Kiesel zur Seite und ihr langes Kleid schleifte über den staubtrockenen Weg, welcher von dem kleinen Dorf, wo sie ein hübsches Cottage bewohnte, direkt zu dem alten Schloß führte. Dort wollten ihre Enkel heute nachmittag ein Picknick veranstalten.

Jedes der Kinder hatte einen kleinen Rucksack voller Süßigkeiten und Getränkekartons dabei.

Die Großmutter schleppte Tee, Milch, Kartoffelchips, Sandwiches und eine Packung Feuchttücher, womit den Kindern die Schnuten abgewischt werden sollten, nachdem sie sich später über den Dreifachschokoladenkuchen hergemacht hatten.

Seit Wochen hatte es nicht geregnet, was für Schottland sehr ungewöhnlich war, und die Hitze des Sommers ließ die Highlands erstarren. Nur ein paar Grillen waren zu hören. Sogar die leichte Brise hatte sich gelegt. Es war ein friedliches Szenario. Doch so war es nicht immer gewesen, wie die Kinder in den nächsten Stunden noch herausfinden sollten. Die Großmutter hatte sich überlegt, ihren Enkeln die Geschichte dieser Schloßruine zu erzählen, die sie von ihrem Lesezimmerfenster aus sehen konnte und die heute als Picknickplatz dienen sollte.

Gegen halb drei am Nachmittag kamen sie an der Ruine an. Die Sonne schien und die letzten existierenden Mauern des Schlosses warfen scharfe Schatten. Dieser Platz hatte eine faszinierende Atmosphäre und der Geruch von Vergangenheit, Alter, Tod, doch auch von Liebe und Magie hing in der Luft.

Das kleine Mädchen hob seinen Arm und zeigte seinen Brüdern, wie sehr es vor Aufregung fror. Und ihnen ging es genauso. Ihre Herzen schlugen ein wenig schneller, als sie anfingen, in den alten Gemäuern umher zu schnüffeln, während ihre Großmutter sich daran machte, einen zum Tisch umfunktionierten großen Stein zu decken. Kurz darauf rief sie ihre Enkel zu sich und bald fragte das kleine Mädchen, ob sie nicht eine Geschichte erzählen wolle.

„Ja, erzähl uns bitte eine Geschichte", fielen die Jungs ein.

„Omi, du bist die beste Geschichtenerzählerin, die es gibt. Bitte!" Das Mädchen stand neben seiner Großmutter und schlang seine Arme um deren Hals.

„Also gut, ich werde euch eine Geschichte erzählen. Aber erst, wenn ihr fertig auf-

gegessen habt. Ich kenne euch doch! Ihr seid dann so versunken, daß ihr das Essen und Trinken vergeßt."

Sie lachte, gab ihrer Enkelin einen Kuß und wuschelte durch die Haare ihrer beiden Jungs.

Später, als alle Sandwiches gegessen und die kleinen Mäuler abgewischt worden waren, sah die Oma in die erwartungsvollen Augen der Kinder.

„Dieser Ort, an dem wir hier sitzen, ist voller Magie, wußtet ihr das?"

Die Kinder schüttelten die Köpfe.

„Nun, dann wißt ihr wohl auch nichts über Susannah, Euan und die Elfen, die hier einst lebten?"

„Elfen gibt es doch nur im Märchen", widersprach der Große.

„Stimmt doch gar nicht", tadelte ihn seine Schwester. „So lange man an Elfen und Feen glaubt, so lange gibt es auch Elfen und Feen."

„Glaub deiner Schwester mal was, sie hat recht", sagte die Großmutter lächelnd. „Und nun hört zu, Kinder".

*

Oh, lange noch vor dieser Zeit,
In einem fernen Teil dieser Welt,
So wild und rau und wunderschön,
So weit unterm Himmelszelt.

Als Menschen noch glaubten an Feen und Elfen,
An Sprüche vom zaubernden Mann,
Als blutige Kriege gefochten wurden,
Diese Liebesgeschichte begann.

*

Noch in der eisigen Dämmerung,
Wenn Tau mit Dunst sich vereint,
Wenn Lerchen schwingen sich in luftige Höhn,
Lieblich' Susannah erscheint.

Barfüßig und der Kälte nicht gewahr,
Ist sie gekleidet in leichtes Gewand,
Welches so seidig ist und zart, als sei's
Gemacht von Engelshand.

Für eine kurze Zeit sie vergißt,
Die Lungen voll klarer Luft,
Was der zukünftige Gemahl ihr angetan,
Als König Hamish nach ihr ruft.

| Hamish: | Susannah! Wo ist das zeitige Vögelein, |
| | Des' Käfig nicht öffnete ich? |

Susannah:	Das Vöglein ist hier,
(und murmelnd)	Versucht zu fliehn,
	Sich deines wachsamen Aug's zu entziehn.

Hamish:	Nicht alle Wort' erreichten mich,
	Mein müdes Aug', es sieht dich nicht.
	Wohlan, wo ist mein künftig' Weib?
	Nicht länger im Verborg'nen bleib!

Susannah:	Hier ist, wonach du sehntest dich,
	Ich bitte drum zu schelten nicht
	Und mit Geduld nicht noch zu geizen!
	Ich eile schon,
(zu sich)	Will dich nicht reizen
	Noch mehr als ich bereits getan.
	Ich wünscht, ich wär' geflohn spontan,
	Fort und weit weg von König Hamish,
	Der nicht nur schlägt im Krieg um sich,
	Sondern auch mich.
	Huch, was sag ich da?
	Mund, sei still und bleib geschlossen,
	Daß kein Wort mehr macht mich verdrossen!
	Was war es, was mich Mutter mahnte,
	Bevor den Tod sie schon erahnte?

Sie sagte mir: „Mein liebes Kind,
Noch nicht mal, wenn ein Mann beginnt
Zu brüllen wie ein wildes Tier,
Ich fleh dich an, gelob es mir,
Begehr nie auf – sei untertan!"
Und nun ist's an mir, ich streng mich an,
Zu beherzigen die deinen Worte,
Oh, meine geliebte Mama.

Und plötzlich steht der Andre da.
Der König poltert hinab die Stufen,
Der Morgenmantel flattert, man hört ihn rufen.
Mit hastigen Schritten kommt er heran
Und brüllet die arme Susannah an.

Hamish: Wo bist du gewesen? Sag's mir, sprich!
               Für zukünftige Königinnen ziemt sich's nicht,
               Umher zu wandern so früh am Morgen.

Susannah: Aber ...

Hamish: Widersprich nicht den Worten deines Manns,
               Du böse, kleine, dumme Gans!

Spricht so der König,
Nimmt sie bei der Hand,
Zerrt lieblich' Susannah in jenes Land,
Wo sonst nur friedlicher Schlaf hat sein Heim.
Doch nicht diesen Morgen, keiner hört sie schrein.
Und keiner sieht ihre Angst und Qual,
Als der König sich zu entkleiden ihr befahl.

Und doch war da jemand, der sah, was passierte.
Eine Fee grad auf der Fensterbank gastierte.
's ist Shirley, die winzige Elfe mit rotem Haar,
Die schönste im schottischen Lande gar,

Die nun ihre kleinen Fäuste ballt,
Nur schwerlich hat sie sich in der Gewalt,
Den König nicht zu töten.

Anstatt ihn zu töten – ja, sie kann es,
Bläst sie in die Augen dieses Mannes
'nen Staub voll ihrer Zauberkraft,
Die Lust er verliert – sie hat's geschafft -
Und er schläft ein.

Wenig später und mit Augen voll Tränen
Erwacht Susannah aus diesem Alptraum.

Susannah: Wer vollbrachte dies Wunder?
                     Wer rettete mich?

Shirley: Ich war's.

Susannah: Wer?

Shirley: Ich, hier auf dem Tisch,
                     Die kleine Elfe, Shirley genannt.
                     Ich sah, was passierte, vom Fensterrand.
                     So kam ich herein, wollt den Mistkerl angehn,
                     Unglücklicherweise kann ich Blut nicht sehn.
                     Sonst hätt' ich getötet dieses Schwein!

Susannah: Und doch rettetest du mich, denn er schlief ein.
                     Kleine Freundin, hab vielen Dank!
                     Komm rüber zu mir auf die Bank
                     Und sag, was ich nun schulde dir.

Shirley: Sei nicht dumm, nichts schuld'st du mir!
                     Wir sind Schwestern, oder nicht?
                     Bald hilfst du und heut' half ich.

Spricht die Elf' und fliegt behende
In Susannahs offne Hände.

Shirley:

Liebste Susannah, hör mich an,
Niemals heirat' diesen Mann!
Wirklich niemals, hörst du mich?
Schwöre es mir, oh, versprich!

Susannah:
(sie schaut
verwirrt drein)

Du scheinst mich zu kennen!
Oh, was soll ich nur tun?
So oft schon ich versucht' zu fliehen,
Doch Hamish ließ mich niemals ziehen.

Und wieder weint sie dicke Tränen,
Das Haar im Gesicht klebt in wilden Strähnen.
Doch als Shirley streichelt dann ihr Haupt,
Susannah sich ganz langsam erlaubt,
Sich zu beruhigen und zu entspannen.

Shirley:

So kompliziert das alles hier,
Mein Kopf gerät ins Wanken.
Doch will ich sitzen, ruhn und finden
Den einen brillanten Gedanken.

*

Wochen gingen hin ins Land,
Seit der Vorfall hier stattfand.
Der König erinnert sich an nichts,
An gar nichts, was geschehn.

Doch lieblich' Susannah nicht vergessen kann,
Welch' Weh der König ihr angetan.
So groß die seel'schen Wunden sind,
Die davontrug dieses arme Kind.

Hamish merkt nichts von all dem Leid,
Das Susannah muß ertragen.
An Ruhm glaubt er nur, an Ehre und Macht,
Die Schlacht will er siegreich schlagen.

Keinen Moment denkt er an die Maid,
Die eigentlich noch ein Kind.
Doch bald ist sie Highland-Königin,
Wenn sie erst verheiratet sind.

Und während der König noch kämpfet
Gegen Krieger und Männer mit Mut,
Susannah wie eine Sklavin sich fühlt,
Gefang' und nicht wirklich gut.

Nicht länger sie singt die heitren Lieder
Von Lachen und Lust und Liebe.
Verschleiert ihr Blick, ganz leis' ihre Stimm',
Der Himmel ist gar so trübe.

Nur in Gedanken betet sie,
Für Hilfe von denen, die sie geliebt.
Und wenn sie ihrer Mutter gedenkt,
Ein Strahlen sie hell umgibt.

So sehr sie ihre Mutter vermißt,
Es scheint, als reiße es Wunden.
Mit liebenden Augen sie sieht ihr Gesicht,
Aufs Engste sie waren verbunden.

Es begann, als Susannahs Vater,
Ein Mann von solcher Pracht,
Als König eines kleinen Reiches,
Er zog aus zu gewinnen die Schlacht.

Die Schlacht geführt von Andern,
Doch bald wär' er eh involviert.
Sein einst so friedliches Land,
Zu schützen es ihm gebührt.

Mutter und Tochter blieben zurück
Im Schlosse ganz allein,
Zu warten auf König, Gatten und Vater,
Auf daß er kehre heim.

Ohn' Unterlass die Mutter erzählte
Geschichten ihrer Kleinen.
Auch die von einem Zauberer
Und was er verbirgt im Geheimen.

Der Zaubrer ein gar mächtiger ist,
Erfuhr Susannah so hold.
Nicht leicht verwundbar, doch kann er wohl
Sterben durch Klingen aus Gold.

Damals sie noch ein kleines Mädchen ist,
Frech und auf Antworten heiß.
Skeptisch fragt sie ihre Mutter,
Woher sie das alles weiß.

Mutter:
                    Der Zaubrer, von dem ich rede hier,
Du kennst ihn kaum, meine Liebe.
Dein Vater und er sind engste Freunde,
Es ist wahr und keine Lüge.

In Schlacht und Krieg, da kämpften sie,
Der Zauberer ward verwundet.
Dein Vater rettete ihn und Dank
Durchs Geheimnislüften er bekundet'.

Mutter und Tochter vermissen den Liebsten
Doch beklagen nicht ihr Geschick,
Als eines Tages aus einer Schlacht
Der König kehrt nicht zurück.

Ein unbekannter Krieger
Erschlug König, Vater und Ehemann.
Er eignete sich nicht nur das Land,
Sondern auch den Titel des Königs an.

Mutter und Tochter wurde gewährt,
Im Schlosse weiter zu leben.
Der neue König braucht's zum Wohnen nicht,
Er will damit nur angeben.

Und eines Tages kurz darauf
Susannahs Mutter erkrankt schwer.
Sie kam über den Tod ihres Manns nicht hinweg,
Obwohl sie's versucht hat so sehr.

Viel zu früh schloss sie ihre Augen
Für immer und ewiglich.
Susannah küsst sie ein letztes Mal:
„Oh, Mutter, ich liebe Dich!"

Nun ganz allein in dem Schloß sie sitzt,
Angreifbar und leicht zu verletzen.
Dies kommt zu Ohren einem gierigen Mann,
Dessen Ziel ist „zu besitzen".

Der Kerl kommt hin zum Schlosse,
Bricht die Tür auf mit bloßer Hand.
Er packt Susannah und nimmt sie mit
Als wär' sie ein Gegenstand.

Etwas wie Gold oder Edelstein,
Besteck, was man braucht dann und wann.
Gierig schnauft König Hamish:
„Ich nehm', was ich kriegen kann!"

Und so es kam, daß unsre Susannah
Gezwungen zu heiraten den fremden Mann.
Doch muß er noch schlagen eine Schlacht,
Bevor er die Drohung wahr machen kann.

Jetzt ganz allein in dem Schlosse,
Der König weit, weit fort,
Susannah denkt an die Vergangenheit,
Es ist solch ein düsterer Ort.

Just in diesem Moment Elfe Shirley erscheint,
Flattert flugs rauf und runtern.
Mit einem Lächeln sie versucht,
Susannah aufzumuntern.

Shirley:

Darling, liebste Susannah, mein,
Sei nicht mehr traurig, hör auf zu wein'!
Kopf hoch, auf, geh vor die Tür,
Ich komme mit und red mit dir!

Susannah:

Doch Hamish, der König, läßt mich nicht raus!
Als ich letztens ging, rastete er aus.
Die Wachen nur Hamish gehorchen und dien',
Immer wieder wünsch' ich von hier zu fliehn.

Shirley:

Umso mehr ist's Zeit zu verlassen den Ort,
Beeil dich jetzt, komm mit mir fort.
Wenn dies dein Will' ist zu gehn, geh jetzt,
Denn diese Chance, es ist die letzt',
Eine andere wird nicht kommen.

Susannah:

Woher weißt du all das,
Kannst du denn sehn,
Was einst wird sein,
Was zukünftig wird geschehn?

Beleidigt die kleine Elfe ist, gar nicht froh,

Shirley:

Du glaubst nicht an uns, ist es nicht so?
Glaubst nicht an die Gabe, die uns gegeben?!

Susannah:	Oh, doch! Oh, doch! Ich's wirklich tu, Ich meine nur, es ist, weil du So winzig klein bist, helfend ohn' Rast. Ich fürcht', es ist zu groß die Last Für deine Schultern, wenn auf ihnen weilen Die Sorgen, die ich würde teilen.
Shirley:	Unsinn, sag nicht so etwas! Gib Ruh! Ich halte doch noch viel mehr aus als du!

Und dann mit ihrer kleinen Hand sie winkt,
Sie diesem Zwist das Ende aufzwingt.
Die Frauen – erhitzt sehen sich an,
Susannah mit Worten will brechen den Bann,
Doch nichts, was noch gesagt werden muß.

*

Tage gingen hin ins Land,
Seit der reinigende Streit stattfand.
Shirley und Susannah ziehen umher,
Durch Wind und Sonne und Regen so sehr.

Die Elf' half ihr fliehen zur rechten Zeit,
Doch diese eine Frage bleibt:
Wird dunkel die Zukunft oder voll Licht,
Wird Hamish sie finden oder nicht?

Nach Tagesmüh', Rast im Unterholz,
Shirley ist erfüllt von so viel Stolz,
Als ein kleines Cottage Susannahs Auge erschaut,
Das vor Zeiten von der reizenden Elfe erbaut.

Susannah:	's ist solch ein schöner, hübscher Ort Und eine Wärme strahlt von dort. Ein Haus, erbaut von Händen so klein …

Shirley:	… und der Hilf' von Freunden fein! Hazel, Zoë, kommt, seht sie euch an, Die menschliche Elfe hier namens Susann'!
Susannah:	Hazel und Zoë, wer könnte das sein?
Shirley:	Hab keine Bange, es sind auch Elflein.

Und dann, schwirrend mit schillernden Flügeln,
Die Elfen erscheinen, Hazel kann sich kaum zügeln,
Zu singen ein Lied vom Sieg der Frauen,
Von weiblichen Tugenden wie Vertrauen,
Bescheidenheit und Geduld und Zier.
Schon fangen sie an zu tanzen, die vier,
Und Zoë spielt dazu noch Flöte.

*

Von diesem Moment an Glückseligkeit
Ist, was Susannah fühlt.
Sie und die anderen genießen ihr Leben,
Die Sorgen wie fortgespült.

Sie werkeln ein wenig im Garten umher,
Doch meistens lachen und sing'.
Sie tanzen den wilden und schnellen Tanz,
Genannt der „Highland Fling".

Doch wie es oft so ist im Leben,
Das Schöne ist nicht für immer.
Mit schlechter Nachricht ein Schäfer
Namens Bernard steht plötzlich vorm Zimmer.

Bernard:	Hallo, guten Tag! Ist jemand hier drinnen? Ich hab interessante Nachricht zu bringen.

Susannah:	Ich bin Susannah, was ist dein Begehr'?
	Sag, welche Neuigkeit treibt dich hierher?
Bernard:	Seid Ihr Susannah, die zukünft'ge Braut,
	Die bald zur Königin soll getraut?
	Doch, oh, vergebt mir, wie blind muß ich sein,
(er verbeugt sich)	Sah doch mein Aug' nie einen schöneren Schein.
	Ihr müßt Susannah sein – die Gesuchte!
Susannah:	Die Gesuchte? Sag mir geschwinde,
	Ist groß die Gefahr, in der ich mich befinde?
Bernard:	Schlimm war's, Ihr beginget Flucht,
	Nun Hamishs Wut trifft Euch mit Wucht.
	Als er zurück kam aus der Schlacht,
	Nur noch an Rache er gedacht.
	Kopflos und tiefrot er rannte umher,
	Schrie in Rage und schrie noch mehr.
	Rasend vor Haß er griff sein Schwert,
	Ließ satteln sein gigantisch' Pferd.
	Er schwor lautstark, daß, wenn er Euch finde,
	Er würde, ausgedrückt gelinde,
	Euch, doch nicht nur Euch, sondern alle,
	Die halfen zu fliehn Euch aus der Halle,
	Zerquetschen wie Fliegen.
Susannah:	Um Himmels Willen, habt ihr vernommen,
	Mit welcher Nachricht der Schäfer gekommen?
Shirley:	Bewahre die Ruhe, mein Sonnenschein!
Hazel:	Du wirst wie die Nadel im Heuhaufen sein!
Zoë:	Wir verstecken dich hier, und käm er schon morgen …
alle Elfen:	Niemals er kriegt dich – dafür werden wir sorgen!

Susannah:	Eure Fürsorg' läßt mein Herz erwarmen, Doch versteht nur, der König kennt kein Erbarmen. Nicht mal ihr werdet helfen können ...
Bernard:	Wenn Ihr braucht Hilfe, sagt es mir, Ich möcht' mich nützlich machen hier!
Susannah:	Oh, vielen Dank, Hüter der Schafe, Doch immer noch bin ich ein Sklave Meines Versprechens zu heiraten – auch wenn's verkehrt. Und obwohl es gar schmerzet wie ein Schwert, Das schneidet tief hinein ins Herz, 's brach damals entzwei vor lauter Schmerz.
Shirley:	Du weißt, du mußt nicht zurück zu ihm ...

Dann über Zukünftiges sie munkeln,
Als schwarze Wolken die Sonne verdunkeln.
Vom nahenden Unheil künden Wolkengeister,
Denn auf dem Weg zu ihr ist Susannahs Meister.

Susannah:	Glaubt mir, ich geh besser zu Hamish zurück, Er wird mich schon nicht erschlagen oder hacken in Stück'. Und bevor wir all' drunter leiden, Werde ich gehn.
Shirley:	Du bist nicht so reif, Wie ich von dir gedacht! Doch mußt du selbst wissen, Was du machst.
Bernard:	Ich geh mit Euch, zu sein Euer Protektor, Kommt auf, meine Hunde, Archibald und Hektor! Nicht habt ein Aug' auf die Herde nur, Auch auf das Mädchen, rund um die Uhr, Daß nichts Böses ihr widerfährt!

Sitzend im stillen, warmen Haus,
Während die Stürme toben drauß',
Sie alle denken an der Geschichte Ende
Und fallen drüber dem Schlaf in die Hände.

*

Doch in der trüben Dämmerung,
Wenn Tau und Dunst alles feucht machen,
Wenn Lerchen schwingen sich in luftige Höhen,
Alle im Cottage erwachen.

Die Stürme erstarben, doch hinterließen sie gar
Eiskalte Luft, die macht den Atem sichtbar
Von Susannah und den Anderen draußen vor der Tür,
Wo zum Abschied die Elfen winken ihr.

Und als Susannah und der Schäfer gehn,
Aus Shirleys Augen fließen die Trän',
Denn sie sieht, was wird geschehen dann.
Sie weiß, nichts dagegen getan werden kann.

Die Zukunft wird werden Susannahs Ruin,
Denn wieder wird sie versuchen zu fliehn.
Doch niemand wird da sein in dem Augenblick,
Wenn des Schicksals Hand bricht ihr das Genick.

*

Wochen gingen hin ins Land,
Seit Susannah hob die Hand
Zum Abschied und seit: „Mach es gut!"
„Halt aus, was immer Hamish tut!"

Und sie hält aus, obwohl fast tot.
Als Hamish, der nur noch siehet rot,
Der Schönheit Kopf knallt an die Wand,
Daß Blut den Weg zu Boden fand.

Er packt all seinen Zorn so pur
In seine Schläge, die Maid kann nur
Die Händ' schützend halten vors Gesicht,
Er schlägt wie blind, viel nützt's ihr nicht.

Er läßt sie liegen in ihrem Blut,
Verläßt den Raum und schmeißt vor Wut
Die Tür, als aus dem Schatten tritt,
Shirley, sie bekam alles mit.

Die Elfe blieb an Susannahs Seit',
Versteckte sich die ganze Zeit.
Sie konnte nicht helfen, oh, verflucht,
Doch Hilf' ist's, wonach sie jetzt sucht.

Durch alle Flure sie fliegt geschwind
Nach jemand', der helfen wird dem armen Kind.
Ein Diener mit den Regeln des Königs brach,
Geleitet Susannah zu ihrem Gemach.

*

Die äußern Wunden sind verheilt,
Doch es bleiben die in der Seel'.
Susannah hat irgendwie überlebt,
Wie ein Kloß sitzt's ihr in der Kehl'.

Und nur ein' Monat später der König verkündet:
„In zehn Tagen schon, fürwahr,
Wird sein die königliche Vermählung,
Ich führ Susannah hin zum Altar."

Die ganze Stadt ist in Aufruhr,
Bereitet das große Fest.
Alt und Jung begierig zu feiern und manchmal,
Die Vorfreud' die Stimmung kippen läßt.

Rufe und Schimpfen, Kampf und Gelächter,
Der Anspannung wird Luft verschafft.
Vieh wird geschlachtet, Gewalt allenthalben,
Als ob jeglich' Gesetz außer Kraft.

Währenddessen oben in der Burg
Susannah ergibt sich ihr'm Schicksal.
Einzig noch „Augen zu und durch",
Der Haß wird ihr zur Qual.

Es scheint, als ob König Hamish
Vergessen, was er getan.
Gut gelaunt und pfeifend
Tritt er an die Tafel heran.

Dann möchte er mit Susannah
Speisen zur Stunde, der blauen.
Mit argwöhnschem Blick sie sieht ihn an
Und beobachtet ihn beim Kauen.

Der König winkt Susannah,
Die überrascht die Augen senkt.
„Oh, Herr, was geschah mit diesem Mann?",
Ist alles, woran sie denkt.

Susannah: Was ist's, daß Ihr so glücklich seid?

Hamish: Nun, lange schon hatten wir keinen Streit.
                   Und ich genieße das.

Susannah: Wirklich?
(denkend)   Ich kann nicht glauben, das frühere Schwein,
                   Soll jetzt auf einmal höflich sein?

Dann tut unser König erneut etwas,
Was keiner vorher konnt sehn.
Leise beginnt er zu schluchzen,
Es fließen auch noch Trän'!

Das Wasser scheint zu laufen
Aus einer Quelle so fein.
Von des Königs kaltem Herzen
Fällt ab ein schwerer Stein.

Der König, der einst gewalttätig,
Er wie ein Baby tut weinen.
Sollt er gar weich geworden sein?
Susannah kann's sich nicht erreimen.

König Hamish schluchzt immer weiter,
Daß es einem den Atem raubt.
Und auf Susannahs Knie
Er legt sein massiges Haupt.

Hamish: Susannah, meine Susannah vergib
Die Sünden, die ich begangen!
Von nun an, ich schwör, du wirst nie mehr
Um Gesundheit und Leben dich bangen!

Nie mehr erheb ich meine Hand
Gegen lebende Kreaturen.
Haß und Gewalt ein Ende haben,
Und auch die Sach' mit den Huren.

Ich hab erkannt die Fehler,
Die ich machte die ganze Zeit.
Doch nun ich werd mich ändern,
Es tut mir wirklich leid!

Gefühle überkommen unsre Maid,
Die Trän' bleiben nicht verborgen.
So sitzen sie, die Zeit vergeht.
Vergessen alle Sorgen.

„Warum dachte ich nur immer schlecht
Von diesem Manne hier?
Hinter der grimmigen Maske er ist
Doch nicht der wütende Stier."

„Die Zukunft Susannahs Ruin wird sein"
Ist, was die Elf' einst gedacht.
Die Zukunft ist, was nun passiert,
Das Schicksal sie fies anlacht.

Die Schling' sich immer enger zieht,
Umso mehr Susannah vertraut
Dem König, denn all', was er schwor,
Auf losem Sande gebaut.

Unter dem Anschein sich zu verbessern,
Besiegelt er Susannahs Geschick.
Es ist nur eine Frage der Zeit,
Bis sein altes Ich kehrt zurück.

Noch ahnt Susannah nichts von dem,
Was in Bälde wird passieren.
Glücklich sie streichelt Hamishs Haupt,
Tut sich darin verlieren.

*

Und dann der Tag der Hochzeit ist nah,
Die meisten Gäste sind schon da.
Aufgeregt Susannah legt an ihr Kleid,
Das alle läßt erblassen vor Neid.

Die Einzge, die nicht kommt vorbei,
Ist Shirley, die Elfe, und zwar, weil
Sie nicht Zeuge sein will, wenn sie's nicht muß,
Von „Ja, ich will" und besiegelndem Kuß.

Mit den Brautjungfern Susannah schreitet entlang,
Grad durch die Menge, die bildet den Gang.
Die Herzogin von Wales ist erschienen mit Mann
Und jubelt ihr zu, so falsch sie nur kann.

Stolz und mit Edelsteinen ins Haar gewebt,
Susannah schreitet, nein, sie schwebt
Wie eine Elfe hin zum Thron,
Wo König Hamish wartet schon.

Es erhebt sich dieser von majestätischem Gebänk
Und reicht Susannah ein kleines Geschenk.
Sie wundert sich erst über dies‘ kleine Dings,
Erstarrt dann beim Anblick des Diamantenrings.

Der Ring von solch enormem Wert,
Sofort er wird von allen begehrt,
Brennt an ihrem Finger – läßt sie in Tränen aufweichen,
Brennt gar so schmerzhaft – oh, was für ein Zeichen.

Doch nicht viel Zeit bleibt nachzudenken,
Die grauen Wolken verschwinden.
Eine Hochzeit ist ein fröhliches Fest,
Und genau deshalb sind wir hier zu finden.

So weiter und weiter geht die Feier
Und jeder scheint Spaß zu haben.
Das Schloß und sein ganzer Platz davor
Brummen wie hunderte Bienenwaben.

Aus großen Fässern fließt der Wein
Und fließt in riesigen Mengen.
Die Bewohner der Stadt stehn Schlange,
Sie schubsen und sie drängen.

Jeder von ihnen will laben sich
An des Königs Hochzeitsessen.
Doch bevor es soweit ist, solln sie
Bei einem Tanze sich messen.

Die Tische zur Seit' und Platz gemacht,
Die Leut' rufen laut und lachen.
Überall emsige Vorbereitung,
Als ob sie's immer so machen.

Die Musiker um Robert Fish,
Sie spielen zum Ceilidh auf.
Die Kilts fliegen hoch, die Mädchen juchzen,
Hier gibt es Spaß zu Hauf'!

Und neben der tanzenden Menge
Susannah lehnt an der Wand.
Um sie hochnäsige Weiber
Mit giftigen Sprüchen zur Hand.

Sie lästern, tratschen und gackern
Wie Hühner in ihrem Haus,
Über den erbschleichenden Schönlings-Fuchs
Namens Gordon MacMarouse.

Sie klatschen über Männer
Und Mode und den schönen Schein.
Als effektvoll die Tür sich öffnet
Und Krieger Euan tritt ein.

Mit offenen Mündern die Leute
Stehn da und starren ihn an.
Mit rotem Haar und tollem Gesicht
Ist er ein schöner Mann.

Sein Name ist Euan MacGregor,
Einer der Nachbarkönigssöhn'.
Der nun den Gang abschreitet,
Grad zu auf Susannah, der Schön'.

Alle Augen auf ihn gerichtet,
Keiner zu reden sich traut.
Niemandem er Beachtung schenkt,
Nur König Hamishs Braut.

Es Liebe ist, was der Krieger fühlt,
Sein Herz, das stoppt beinah.
Seine Hände sind feucht und zittern,
Als er näher kommt Susannah.

Sie tief sich in die Augen sehn,
Er nimmt sie an der Hand.
Die Köpf' in rosa Wolken,
Die Anderen warten gespannt.

Und sogar uns' schüchtern Susannah,
Verliebt auf den ersten Blick.
Amors Pfeile schwirren umher,
Doch Hamish ruft nach Musik.

So fangen die Musiker an zu spielen,
Die Gäste beginnen den Tanz.
Susannah sucht nach 'nem Partner
Und Euan sieht seine Chance.

So tanzen sie erhitzt und wild,
Ihre Temperatur kann man nicht messen,
Während Hamish an der Tafel
Sitzt und verschlingt sein Essen.

Und neben ihm die Herzogin
Von Wales gibt ihre Reize preis.
Und wie schon Susannah und Euan,
Wird Hamish nun ganz heiß.

Mit gierig', öligen Fingern
Grabscht er nach ihr mit Lust,
Und aus dem teuren Kleid heraus
Rutscht eine herzöglich Brust.

Auf der Tanzfläche wechseln die Partner
Und so auch im wahren Leben.
Der König küßt die Herzogin,
Vergessen seine Braut mal eben.

Und als Susannah gerade tanzt
Mit Cameron sie sieht ihren Mann,
Des' Händ' unterm Tisch verschwinden,
Sie es kaum glauben kann.

Der Herzogin Augen rollen,
Das Fummeln, das gefällt ihr.
König Hamish ist geil wie ein Bock,
Sein Körper die totale Gier.

Der Junge, mit dem Susannah tanzt,
Strahlt aus eine besondere Macht.
Seine Augen glitzern und funkeln
Wie die schönsten Sterne bei Nacht.

Susannah: Wie ist dein Name, mein kleiner Freund,
Sag, woher tust du komm'?

Cameron: Aus dem MacCallum – Clan stamm ich,
Der kleine Cameron.

Ich wohn nicht weit entfernt von Euch,
Doch weit von meinem Clan.
Denn ich möcht Euch ganz nahe sein,
Ich lieb Euch schon seit Jahrn!

Susannah: Dafür kommst du ein bißchen spät,
Mein kleiner, süßer Freier.
Unglücklicherweise sind wir hier
Auf meiner Hochzeitsfeier.

Cameron:	Sie all hier denken, vergebt mir,
	Daß dies Euer Hochzeit ist.
(senkt seine Stimme)	Doch ich seh mehr, dies Dein Ruin
	Und Du verloren bist.
Susannah:	Was redest du da, kleiner Jung,
	Warum dies der Ruin mein?
	Mit Hamish ich bin verheiratet nun,
	Oder denkst, es sollt anders sein?
Cameron:	Ich seh da viel mehr zwischen euch,
	Und dies das Genick Dir wird brechen.
	Du wirst heut nacht noch fliehn von hier
	Und Hamish hält sein Versprechen.

Der König wird euch töten,
Das Schwert ist scharf und schlitzt fein,
Euan der Krieger und Du werdet
Nicht länger am Leben sein.

Doch ich verschwende Zeit.

Susannah fühlt sich unwohl nun,
Die Worte des Jungen im Ohr.
Sie denkt und grübelt drüber nach,
Belächelt dann den Tor.

Weiter geht die Hochzeitsfeier
Und jeder hat Spaß für zwei.
Sie trinken, tanzen, lachen und lieben
Und schon ist's weit nach drei.

*

Und wie's der Junge vorhergesehn,
Passiert es spät in der Nacht,
Susannah und Euan wollen fliehn,
Die Dunkelheit sie unsichtbar macht.

Doch wie es oftmals ist im Leben,
Manch Geschichte hat kein gutes End'.
Susannah muß plötzlich niesen
Und schon König Hamish herbeirennt.

Er brüllt und schäumt vor Wut und
Schwingt sein gigantisches Schwert.
Euan beschützt Susannah,
Ein schlimmer Schnitt ihm widerfährt.

Das Blut spritzt aus der Stelle,
Wo einst Euans Kopf saß.
Susannah reißt ihre Augen auf,
Erkennt das schreckliche Ausmaß.

Hamish:

Ich warnte dich, und nicht nur einmal,
Ich tu, was ich schwor dir!
Empfang, du undankbare Hure, nun
Den finalen Schlag von mir!

Ein schriller Schrei ertönt,
Erneut fließt Blut so rot.
Susannah sinkt zu Boden hin,
Auch sie nun mausetot.

Dies könnt das End' der Geschichte sein,
Die Blutlache unter Susannah wird breiter.
Doch denk dran, dies ein Märchen ist,
Beruhig dich und lies weiter.

Das Schwert fällt hin neben Susannah,
Das Blut so grausig rot,
Es spritzt in alle Richtungen und schreibt:
„Sieh, was du getan, sie ist tot!"

König Hamish stolpert entsetzt,
Als er sich würgend umdreht.
Er rennt hinweg, fort von der Szene,
Der Morgenmantel weht.

Und zeitig am nächsten Morgen,
„Ist's wahr?" fragende Diener leis' huschen.
Die Leichen bereits weggeschafft,
König Hamish versucht zu vertuschen.

Er läßt sie zu einem Orte bringen,
Fernab vom Schloß und den Leuten.
Kein Grab für die zwei, kein Klagelied
Und auch kein Glockenläuten.

Im Schlosse selbst der König geht hin
Zu den Zeugen der vergangenen Nacht.
Er droht sie zu töten so denn,
Die Wahrheit ans Licht gebracht.

Deshalb weiß niemand, was passierte,
Denn Lügen man verbreite.
Susannah, die Hure, und Euan,
Zusammen sie suchten das Weite.

So kam's, daß König Hamish ist
Noch immer so beliebt wie zuvor.
Er ist der arme Betrogene,
Der seine Braut verlor.

Der Einzige unter den Leuten,
Der weiß, daß etwas nicht stimmt,
Ist der, mit dem Susannah tanzte,
Das Cameron genannte Kind.

Begabt, wie er ist, sucht er Susannah,
Findet sie in den Hügeln und tot.
Nimmt sie auf den Schultern mit nach Haus,
Will alles bringen ins Lot.

Und da er ein junger Zauberer ist,
Ein wahrlich kleiner dazu,
Erweckt er Susannah wieder zum Leben.
Ein Spruch – und es ist getan im Nu.

Susannah: Wo bin ich nur, was ist los hier?

Cameron: Du bist sicher und glaub mir,
Was ich dir jetzt erzählen werde.
Du warst tot, lagst auf der Erde,
Doch ich holt dich zurück ins Leben.
Ich bin Cameron – Zaubrer eben.

Susannah: Wo ist Euan, meines Lebens Liebe?
Sag nichts vom Tod, dann lieber lüge,
Falls er tot – doch, sprich es aus,
Reiß mir mein gebrochnes Herz heraus.
Was bräucht ich's noch, wenn er nicht hier?
Wenn Euan nicht ist hier bei mir?

Cameron: Es tut mir leid, Susannah mein,
Kann's nicht verhindern, daß du wirst wein'.
Doch Euan von Hamishs Schwert wurd erwischt,
Genau wie du, erinnerst dich nicht?

Susannah: Ein Zauberer, der willst du sein?
Beweis es, oder ist alles nur Schein?
Bring ins Leben zurück den einen Mann,
Mach wieder glücklich mich, Susann'!

Der Junge, den sie anzuflehn begann,
Wird plötzlich zu 'nem alten Mann,
Der die Jugend benutzte als Verkleid,
Denn häßlich und runzlig ist die Wahrheit.

Cameron: Als deines Vaters Leben zerbrach,
Dein Glück zu gewährn ich ihm versprach.
Ein Aug' sollt' ich haben immer auf dich,
Was seither gar beschäftigt' mich.

Deine Mutter hat dir von mir erzählt.
Wie ein Schatten folgt' ich dir durch die Welt.
Und nur ein einzges Mal war ich unaufmerksam,
Als Hamish Euan und dir das Leben nahm.

So tief in deiner Schuld ich stehe,
Den Fehler zu beheben, der dir bracht Wehe.
Jed' Wunsch ich will erfülln dir nun!
Komm, sag, was kann ich Gutes tun?

Susannah: Für nichts ich gebe dir die Schuld!
Nur eins verursacht mir Tumult
Im Herzen, daß Euan ist nicht hier
Ach, bring ihn doch zurück zu mir!

Cameron: Dies will ich tun, mein holde Maid
Und sehn dich schwelgen in Glückseligkeit.
Dein Euan wird erweckt zum Leben
Und dir 'nen treuen Mann abgeben.

Dann wendet sich Cameron zum Gehen.

Und Minuten später, die sich anfühln wie Jahre,
Da bricht Susannah in Trän' aus, denn rote Haare
Am Horizont zu sehn sind an Camerons Seit',
's ist Euan, lebendig und voll Heiterkeit.

Wenn Liebende sich treffen, die Engel singen.
Wenn Liebende sich küssen, die Glocken klingen.
Nur Glück erfüllt der beiden Herzen,
Vergessen Sorge, Angst und Schmerzen.

Der alte Zauberer glücklich ist,
Zu sehn, daß nun der Richtge küsst
Susannah auf die roten Wangen,
Sie ganz erhitzt ist vor Verlangen.

Cameron geleitet die beiden ein Stück
Entlang eines Wegs, welcher führt sie zurück
Zu einem Cottage an verstecktem Ort,
Und ein bekanntes Gesicht erscheint plötzlich dort.

Es ist Shirley, die winzige Elfe mit rotem Haar,
Die schönste im schottischen Lande gar,
Die glücklich ist zu sehen die Maid,
Sie zu küssen und herzen sie nimmt sich Zeit.

Shirley:	Oh, meine Liebe, bin so froh dich zu sehn!
	Ich schwör's, ich laß dich nie mehr gehn
	Fort in die Welt – doch erzähle mir,
	Wer ist dieser hübsche Bursche hier?
Susannah:	Dies ist Euan, die wahre Liebe in meinem Leben,
	Ihm will ich treu sein und ergeben.
	Und Euan, diese Elfe so klein
	Ist Shirley, die beste Freundin mein.

Für mich war sie da bei Tag und bei Nacht,
War dagegen, daß Hamish mich zur Ehefrau macht.
Wenn ich weinte, da brachte sie mich zum Lachen,
Mit ihr kann man Pferde stehln und solche Sachen.

Shirley:	Ach, übertreib nicht, meine Süße,
	Los, begebt euch auf eure Füße.
	Ich will euch eure Bleibe zeigen,
	Hoffentlich ist sie groß genug,
	Daß ihr die Köpf' nicht müßt neigen.

Und als sie betreten den winzigen Raum,
Beginnt er zu wachsen, man glaubt es kaum.
Bald ist er wirklich perfekt für die zwei,
Dank Camerons eifriger Zauberei.

Susannah:	Ich erinnere mich an diesen Ort,
	Als ich aus Angst rannt' vor Hamish fort.
	Mit Lachen und Gärtnern konnt ich mir die Zeit vertreiben.
	Wünscht', wir würden für immer hier bleiben.

Shirley:	Macht doch, nur zu, ihr hübsches Paar!
	Nehmt euch die Zeit zu vergessen, was war.
	Schaut nach vorn und ihr werdet sehn,
	Was Gutes für euch wird geschehn.

Euan:	Wir schulden euch nun ohne Ende
	Dank und diese meine Hände
	Werden sich nützlich machen, wo Gebrauch.
	Obwohl ich ein Krieger, kann ich arbeiten auch!

Der alte Magier muß leider nun gehen,
Doch werden in Kürze wir ihn wiedersehen.
Er will sich sammeln durch Meditation,
Seine Kräfte ein letztes Mal gebraucht werden bald schon.

Später kehren Hazel und Zoë zurück,
Sie lauthals sich freun über das junge Glück.
Des Ofens Wärme erfüllt das Heim,
Euan möchte tanzen, lädt Susannah ein.

Susannah und Euan leben nun in Frieden.
Von Ost, West, Norden und dem Süden
Schwirren dutzende Elfen herbei,
Zu feiern die große Liebe der zwei.

So laßt uns nun zu König Hamish äugen,
Vor dem sich viele Ladys verbeugen.
„Ein Knicks würd's auch tun", denkt Hamish voll Hohn,
Doch eine jede will auf den Thron.

Das Vorsprechen für die Rolle der Königin
Befriedigt wohl, doch im Herzen drin
Ein Loch aus Einsamkeit und Schweigen,
Er liebte Susannah – doch konnt er's nicht zeigen.

Sie war immer da, wenn er gebraucht
Jemandes Schulter und jemand, der auch
Aus der Melancholie ihn wieder befreit.
Trotz ihrer Jugend war sie so reif und gescheit.

Vergessen scheint, was er ihr angetan,
Seine Erinnerung getrübet wie im Wahn.
Seine Sehnsucht nach Susannah steigt,
Endlich er etwas wie Gefühle zeigt.

Ein paar Tage später berichten ihm Reiter,
Daß in der Ferne, noch weiter als weiter,
Die Erde vor tanzenden Elfen bebt.
Und mittendrin Susannah – sie tatsächlich lebt!

Der König grad noch ein Bild des Jammers bot
Über die Tatsache, daß seine Frau tot,
Förmlich nun zu explodieren scheint.
Susannah lebt – mit dem Andern vereint!

Hamish trommelt zusammen seine Mannen,
Vergessen die Sehnsucht nach Susannen.
Ihr Blut will er sehen und hören sie schrein.
Dieser Kampf der allerletzte wird sein.

Der König und seine Männer die Pferde besteigen,
Das Paar zu töten und um zu zeigen,
Daß niemand ihn zum Gespötte macht,
Wenn doch, dann gehört er umgebracht!

Die reitenden Boten führen ihn
Zum Cottage-Versteck der Liebenden hin.
Die Nachricht von heranrückenden Truppen
Veranlaßt Shirley auszuspucken.

Shirley:

Oh, Heilige, wer hätte gedacht,
Daß Hamish sich auf den Weg nun macht
Zu finden das Mädel, das er hatte benutzt.
Erklärt es mir, ich bin verdutzt.

Susannah:
(zu Euan)

Es ist, weil du mit mir hier bist,
Für sein gekränktes Herz dies ein Ansporn ist,
Den Nebenbuhler gedemütigt zu sehen,
Indem er dich zwingt, um Vergebung zu flehen.

Alle unsere Elfen reden auf einmal los.
Man hört „Kämpft!" oder „Laßt uns bloß
So schnell es geht von hier verschwinden!"
Und Shirley ruft: „Sie soll die Lösung finden!"

Susannah fühlt sich klein und schwach,
Doch bald ihre Stimm' übertönt den Krach.
Ihre Worte scharf die Luft durchpflügen:

Susannah:

Nie wieder werd ich mich dem Schicksal fügen!

Ich beug mich nie mehr, vorbei die Zeit!
Hamish will kämpfen? Ich bin bereit!
König, sieh her, dieses Schwert,
Ich kann förmlich sehen, wie's dich durchfährt!

(und noch lauter)

Die Elfen und Euan geschockt stehn da,
Shirley als erste ruft:„Hurra!"
Sie klopft auf Holz, die andern falln ein,
Dies soll der Beginn des Showdowns sein.

Als wie aufs Stichwort Hamish erscheint,
Trotz ihrer mutigen Rede Susannah meint,
Nie zu besiegen den brutalen Mann,
Doch wird sie kämpfen, so gut sie kann.

Hamish: Willst mich besiegen mit den paar Elfen?
Auch dieser Krieger kann dir nicht helfen!
Dazu braucht's mehr, dir dies gesagt sei!
Ein Wunder – nein, noch besser zwei!

Cameron: Das Wunder, König, kannst du haben,
(erscheint aus Denn Kraft der mir verliehnen Gaben
dem Nichts) Wirst du schneller erkenn' als dein Aug' es erfaßt,
Daß du nicht wirklich eine Chance hast!

Der alte Zaubrer schwingt die Hand,
Ein güldner Staub fliegt wie ein Band
Und legt sich auf die Elfen nieder,
Daß jede findet sich zehnfach wieder.

Eine Elfe aus Island kann's glauben kaum:
„'Eine Armee von mir' – es ist wie im Traum!"
Unter den Elfen geht um Gekicher,
Sie fühln sich jetzt stark und siegessicher.

Dem König vergeht das hämische Lachen,
Seinen Mannen auch, sie möchten kehrt machen.
Doch zu spät, das Massaker hat begonnen,
Das Leben der meisten schon zerronnen.

Die Schlacht ist grausam, die Erde rot,
Des Königs Männer alle durch Schwerter tot,
Die von kleinen Elfen gehalten in Händen,
Diese Geschicht könnte hier beinahe enden.

Der König als einziger übriggeblieben,
Nachdem die Elfen seine Truppen aufgerieben.
Den Kampf aufzunehmen seine Angst ihn mutig macht,
Der vielleicht endet für ihn in ewiger Nacht.

Brüllend stürzt er sich auf Susannah,
Doch Euan und Cameron sind schon da.
Sie schützend die beiden vor Susannah springen,
Wir hoffen, daß sie Hamish den Tod werden bringen.

Doch Hamish ein Meister im Schwertkampf ist
Und bald unser Euan durch eine List
Getroffen und blutend liegt er darnieder,
Der König arrogant grinset wieder.

Susannah aus ihrer Starre erwacht,
Schreit wild zu überspielen ihre Ohnmacht
Und Angst um Euan – sie will ihn nicht wieder verlieren.
Hamish muß sterben, elendig krepieren!

Sie will das Schwert bohrn tief in ihn rein,
Man hört die Elfen flüstern „Oh, nein!",
Denn Hamish weicht aus, sein Grinsen wird feister.
Von einer Frau besiegen lassen? Nicht er, der Meister!

Grad als er ausholt wie in früheren Tagen,
Doch diesmal dem Mädchen den Kopf abzuschlagen,
Steht Cameron in der Flugbahn von Hamishs Schwert,
Susannah vor Schreck ein „Nein!" entfährt.

Ihr wurd's erzählt, sie weiß, was folgt.
Sie sieht die Klinge, gemacht aus Gold.
Des Magiers Ende dies wird sein,
Cameron wurde getroffen, die Wunde nicht klein.

Hamish:	Elender Narr, wie konntest du nur?
	Der Schlag war gedacht für diese Hur'!
	Andererseits kannst du sie nun nicht mehr schützen,
	Dein Tod mir letztendlich doch tut nützen!

Cameron:	Ein Magier, trotzdem ich hingerafft,
	Bin ich noch immer und mit letzter Kraft
	Will ich dich packen, mit mir nehm'
	An den dunklen Ort, wohin ich muß gehn.

Der Boden bebt, es donnert ganz schlimm,
Ein schwarzes Loch sich öffnet und Hamishs Stimm'
Versagt ihm als Cameron seine Kehle ergreift
Und ihn mit sich gen Tode schleift.

Susannah und die andern glauben es kaum,
Daß ein Ende soll haben dieser Alptraum.
Schock und Traurigkeit einem Lächeln weichen
Und auch zur Freude soll's bald reichen.

Und plötzlich eine gewaltige Explosion
Lenkt aller Aufmerksamkeit auf sich und schon
Der Elfen Doppelgänger gehen auf in Licht,
Was die nahende Nacht noch einmal zerbricht.

Zu feiern den Sieg der liebenden zwei,
Über Hamish und Hass und Tyrannei,
Die Elfen spielen auf zum fröhlichen Tanz
Und wie Wochen zuvor Euan sieht seine Chance.

Sie tanzen so wild und lassen sich gehn,
Die Lust am Leben kann man förmlich sehn.
Dann schwört Susannah einen Eid
Gegenüber allen anwesenden Leut'.

Susannah:	Von nun an in diesem Königreich mein,
	Soll nie mehr Krieg, nur Frieden sein!
	Ich bin die Königin noch immer,
	Eine bessre werdet ihr sehen nimmer!

Meinen lieben Eltern zum Gedenken
Werd ich klug die Geschicke des Reiches lenken.
Bewahren Frieden und Freiheit im Land, dem meinen,
Über den Highlands möge für immer die Sonne scheinen!

Symbolisch meine ich.

Susannah sieht alle der Reihe nach an,
Und schon sich keiner mehr halten kann.
So lacht sie los, die ganze Meute,
Und wenn sie nicht gestorben sind,
Lachen sie noch heute.

*

„Oh, Großmutter, was für eine schöne Geschichte", sagte das kleine Mädchen. „Ich finde es schön, wenn sie sich am Schluß bekommen!"
Der älteste Enkel warf ein: „Was passierte denn mit Susannah und Euan? Ich meine, wir sitzen hier in ihrem alten Schloß und es ist nur noch eine Ruine. Sind sie woanders hingezogen? Ich glaube ja, daß sie nicht mehr leben, weil das ja sowieso nicht geht."
„Natürlich ist es unmöglich, für immer zu leben, aber du mußt wissen, in welcher Zeit und unter welchen Umständen dieses Märchen zum ersten Mal erzählt worden sind."
Der Junge sah seine Großmutter ein wenig verwirrt an. Also erzählte sie ihm, daß die Menschen im Mittelalter viel Leid ertragen mußten im Kampf ums Überleben. Armut, Hunger, Krankheiten und Tod bestimmten den Alltag. Deshalb war es wichtig für sie, an etwas Gutes zu glauben, daß es da irgendwo ein „Happy End" gibt. Die Menschen drückten also ihre Sehnsucht und Wünsche nach einem besseren Leben in den Märchen aus.

Die drei Kinder saßen mit offenen Mündern da und lauschten ihrer Großmutter, auf daß da noch mehr käme.

„Es gibt da etwas, das ist nach all den Jahrhunderten, die kamen und gingen, immer noch von Gültigkeit. So lange man an etwas glaubt …"

„An so was wie Elfen?", unterbrach die Kleine.

Die Großmutter lächelte und ließ ihren Blick über die Landschaft rund um die Ruine schweifen.

Schwerelose Funken tanzten über dem Gras und den Mohnblumen. Waren das Pollen oder nur die Hitze? Eine optische Täuschung? Oder könnten es nicht Shirley und Hazel und Zoë und all ihre Freunde sein, die dort im Licht der Spätnachmittagssonne umherschwirrten?

So lange man daran glaubt …

ranny, come on! Why are you so slow?”

A ten-year-old and his younger brother and sister stopped running towards the ruins of what must have once been an enormous castle, turned around and waited for the old lady to catch up with them.

“I'm coming, I'm coming.” Her sandals kicked little stones aside and her long dress was trailing as she walked along the dry and dusty pathway that led from the village she lived in to the castle, the place her grandchildren had chosen to picnic at that afternoon.

Each of the kids had a little backpack full of drinks and sweets. Granny was carrying some tea, milk, crisps, sandwiches and three damp flannels to clean her kids' hands and mouths with after they had had their pieces of self-made triple chocolate cake.

It hadn't rained for weeks, which was very unusual for Scotland and the heat of this summer paralysed the whole Highlands. Just a bunch of crickets could be heard. Even the gentle breeze had dropped. It was a peaceful scene.

But it hadn't always been like that as the kids would find out in the next couple of hours. Their grandmother had been planning to tell them the story of the castle she could see right from her reading room window and what was going to be their picnic area. They arrived at the ruin at two thirty in the afternoon. The sun was shining and the few remaining walls of the castle cast short and sharp shadows. There was something fascinating about this place. The atmosphere was filled with the past, age, the presentiment of death but also love and magic. The little girl lifted her arm and showed her brothers that she was freezing. And so were they. So their hearts were beating a little faster when they started snooping around while their granny took the plastic dishes and cutlery and put them onto a single stone they could use as a table to sit around. A little later she called for her grandchildren to come back for lunch. After a while the girl asked her grandmother to tell them a story.

“Yeah, tell us something!” the boys joined in.

“Granny, you're the best storyteller I know. Come on.” The girl stood next to her grandma and embraced her.

“Okay, alright. I'm going to tell you a story right after we finish lunch. I know you guys. You'll forget to eat and drink as soon as I start telling.”

She laughed, gave the little girl a kiss and stroked her boys' heads of fuzzy hair. Later, when all the sandwiches and crisps had been eaten and all the little mouths had been cleaned the grandmother looked into the expectant eyes of her grandchildren.

"This place we are sitting in here, this place is full of magic, did you know that?"
The kids shook their heads.
"Well, then you don't know about Susannah, Euan and the elves who used to live here?"
"Elves only exist in fairytales," the oldest boy said.
"That's not true," his little sister objected. "As long as you believe in the little folk there will be elves and fairies."
"Believe your sister, she's right. And now listen, kids," the granny said with love in her eyes.

*

Oh, once upon a long, long time
And in the Lands so High,
So wild and rough and beautiful,
So wide beneath the sky.

When man believed in fairies,
Spells of the magician,
When brutal battles were fought by heroes,
Our love story began.

*

Yet by the dawn,
When dew and haze
Intensify the morning's grace,
When larks swing up into the azure,
Susannah comes.

Bare-footed, not aware of the cold,
She is dressed lightly in a robe
That must've been woven by the angels,
So silky and so tender.

And for a moment she forgets
What harm her King has caused.
The lungs she fills with clean cold air
As Hamish calls.

Hamish:

Susannah! Where is this early bird
Whose cage I have not opened yet?

Susannah:
(and murmuring)

This bird is here
Trying to fly,
Escaping thy vigilant eye.

Hamish:

Not ev'ry word came up to me,
So blind mine eyes, I can't find thee.
And now, where is my future bride?
My command is: No longer hide!

Susannah:

Here is what you're longing to see
And I ask you not to scold me.
If you are willing, wait a while
I will come up

(and to herself)

I will not rile
You more than I've already done.
I wish I was much earlier gone,
Gone far away from violent Hamish
Who smashes in anger not just dish
Who, too, beats me!
Hoo … What am I saying?
So mouth keep closed and silent be!
No word more through the lips of me.
What was it, that my mother said
Before she passed away by death?
She said to me: "My dearest child,
Not even when a man as wild
And coarse as any beast of prey
Is I implore you not to do revolt,

Against him be subject!" That's what she told
Me when she died and now it's on me
To behave as it's expected by thee,
Oh, beloved mother.

And all of a sudden comes the other.
The King himself comes down the stairs,
It flutters the dressing gown he wears
Around his legs 'cause hasty in steps
He goes to meet Susannah.

Hamish: Where have you been?
                 It is improper for the future Queen
                 To wander around through night and ground.

Susannah: But …

Hamish: Not do contradict your master's word,
                 You naughty, stupid, little bird.

Says so the King,
Takes her by the hand,
Drags lovely Susannah into the land
Where normally peaceful sleep is home.
But not this morning, she's so alone.
And no one is here to see her fear
As the King violates the innocence.

Nevertheless, someone saw what he did.
A fairy does on the window-sill sit.
It's Shirley, the red-haired fairy herself,
The most beautiful teensy Scottish elf
Who now clenches her little fist
And only hardly can resist
To kill the King.

Instead of killing him she flies
To the man, blows into his eyes
A magic dust – he loses lust
To hurt Susannah – and falls asleep.

A little bit later
And with tears in her eyes
Susannah awakes from this nightmare.

Susannah: Who did this wonder? Who saved my soul?

Shirley: It was me …

Susannah: Who?

Shirley: Me, here by the bowl!
The little fairy – Shirley my name.
I saw what happened through the window-pane.
So I came in and did what I could,
Unfortunately I cannot see blood.
Otherwise I would have killed this beast.

Susannah: But you saved me, he sleeps at least.
So many thanks, my little friend.
Come over here, sit on my hand
And tell me what I do owe you.

Shirley: You owe me nothing, don't be a fool.
We are sisters, aren't we?
I helped you, you will help me.

Says the little elf and lands
On Susannah's stretched-out hands.

56

Shirley:	Dear Susannah, listen now!
	Don't you ever make the vow!
	Never marry this rude man,
	Never do so, get me, hen?

Susannah:	You seem to ken me!
(she looks confused)	What should I do?
	Oh, so often I tried to flee,
	But Hamish always did find me.

And another time she cries,
Hot salty tears fall from her eyes.
When little Shirley strokes her hair
Susannah does enjoy this care.
And slowly the beauty calms down.

Shirley:	This situation is so much
	More complicated than I thought.
	But if you let me sit down here
	Then I would think a brilliant thought.

*

Weeks are gone into the land
Since this brutal incident.
The King does not recall a thing,
He doesn't remember what happened.

But lovely Susannah can't forget
What harm her King has caused.
So deep the wounds that are left behind
In the lassie's broken mind.

Hamish himself doesn't recognize
Susannah's sufferin'.
He only thinks of glory and fame
And the wars he wants to win.

But in no instant he thinks of the girl,
Who by the way's still a teen,
The woman he's 'bout to marry soon,
The Highland's future Queen.

And while the King is fighting
Against warriors and people so brave,
Susannah's sitting in her room
Oh, captured like a slave.

No longer she sings the happy songs
Of laughter and lust and love.
Veiled is the sight and silenced her voice,
So grey the sky above.

Only in her mind she prays
For help and divine assistance.
But when she's thinking of her mother
The brightest shine's in her glance.

Her mother she is missing so,
Much more than anything around.
She sees her face with loving eyes,
So close the two were bound.

It started when Susannah's father,
A charming man you'd adore,
As a very small kingdom's king he had
To leave and win the war.

A war led by some other kings,
But soon it would've affected the land,
That once was only peaceful,
The king tried to defend.

So mother and daughter were left behind,
They stayed back home alone,
To wait for their king and husband and father
To come back to his throne.

The mother told stories on and on
To distract her little lass.
One is about a magician
And the secret that he has.

A magician so mysterious,
But Susannah the secret was told.
He could be killed only by a sword
That's made of solid gold.

Susannah back then a girl she is,
A smart and cheeky one,
She asks her mother sceptically,
Where she does know it from?

Mother:

The magician I'm speaking of
Is barely known by you.
Your father and he are dearest friends,
I swear, my love, it's true.

They fought in battles and in wars,
The magician got hit.
Your father helped him fight the death,
Thankful he told him – that's it.

Since then they're even closer friends,
No secrets between the two.
Their friendship is unique and strong,
Imperturbable and true.

So mother and daughter spent their time
Missing their love but don't moan.
As one day from the battle the king
Did not return back home.

Another warrior who's unknown
Killed father, husband and king.
He took possession of the land
And as well of the title of King.

But mother and daughter were allowed
With their staff in the castle to stay,
For the king doesn't need this place to live,
With it he wants to show off in a way.

One day and some time later
Susannah's mother died.
She couldn't get over the loss of
Her husband as hard as she tried.

The woman she did close her eyes
For all eternity.
Susannah kissed a last good-bye:
"Oh, mother, I love thee!"

Now all alone is what she is,
So vulnerable and defenceless.
This comes to ear of a greedy man
Whose goal in life's to possess.

He goes to Susannah's castle,
The door's closed but he breaks in.
He takes away the beautiful girl
As if she was a thing.

A thing like diamonds and cutlery,
Gold or a precious carpet.
Greedily King Hamish used to say:
"I rob what I can get."

So it's not that he loves Susannah,
He just wants to show us
The power he has over
All and also our lass.

This is how came that our Susannah
To marry King Hamish she's forced to,
But he's to fight another battle
Before the threat comes true.

Now all alone in the castle,
King Hamish far away,
Susannah's thinking of the past,
It's such a gloomy day.

And just at this moment Shirley appears,
Flutt'ring around her head.
With a smile on her face she tries to make
Susannah feel not so bad.

Shirley:

Darling, dearest Susannah mine,
No longer be sad, no longer whine.
Cheer up, get out and go for a walk
I'll go with thee, so we can talk.

Susannah:

But Hamish, the King, won't let me out,
The last time I went he would terribly shout.
The guards now have to watch over me,
Time and again I wish to flee.

Shirley:

The more it's time to leave this ruin,
So hurry up, it's almost noon.
If it's thy will to leave, leave now!
Another chance, I don't know how
To tell you this – will never come!

Susannah:	Where do you know this from?
	Are you able to see, what will happen then?
	What in the future will be?

Offended the little elf turns her head.

Shirley:	You don't believe in us, is it that?
	You don't believe in the gift we've been given!?

Susannah:	I do! I do! I really do!
	I only mean … it is that you –
	You are so tiny, helpful, there.
	I fear it is too much to bear
	For you on shoulders that are so slender
	The sorrows that I will surrender.

Shirley:	Nonsense, don't say such rubbish!
	Don't you do!
	I'm able to stand a lot more than you.

And then, with a move of her little hand,
She stops this escalating argument.
The women, heated and with blushed cheeks,
Face and Susannah for the right word seeks,
But nothing has to be said anymore.

*

Days are gone into the land
Since this clearing argument.
Susannah and Shirley wander around
Through wind and sun and night and ground.

The elf helped Susannah to flee from the King,
But still there's the question:
What will the future bring?
Will Hamish find them or will he not?

After days of walking and nights sleeping out
Shirley shows the lass – oh, she's so proud –
A small cottage built by herself,
Built by our lovely red-haired elf.

This cottage is hidden behind a hill
And in the wall Shirley had written with a quill:

Bridget bless this hearth!

Susannah: It's such a beautiful, lovely place
              And its warmth shines in my face.
              A house built by so tiny hands …

Shirley: … and the help of dearest friends.
              Hazel, Zoë, come look yourselves!
              I brought to you this human elf.

Susannah: Hazel and Zoë, who can they be?

Shirley: Do not fear, they're friends, you see?
              They're also elves.

And with transparent, blue gleaming wings
The elves come out and Hazel sings
A song of women's victory,
Of female virtues like modesty
And chastity and patience.
Then three of them they start to dance
While Zoë's playing the whistle.

*

So from this moment happiness
Is all Susannah feels.
She and the elves enjoy their lives,
The sorrows are gone on wheels.

They do a bit of gardening,
But mostly laugh and sing.
They dance the wild and hilarious
And gorgeous Highland Fling.

But as it often is in life
The good things don't last long.
With no good news a shepherd
Named Bernard comes along.

Bernard:
Hello? Is anyone in hee?
I think I've interesting news for thee.

Susannah:
I am Susannah, what's thy desire?
What news is burning thee like fire?

Bernard:
Are you Susannah, the future Queen?
The most beautiful the world has ever seen?
But, oh, forgive, how blind am I?
No one more beautiful has seen my eye!
You have to be Susannah – the wanted.

(the shepherd bows)

Susannah:
The wanted? What news do you bring?
Tell me, is it danger that I'm in?

Bernard:
I think it's terrible for thee
'cause Hamish was furious that you did flee.
When he came back from the battle he fought,
Nothing but "revenge" is what he thought.

His rage grew more and so his hate,
He ran around and took his blade.
Headless and deep red in anger he was
When he was saddling his giant horse.

He swore an oath that whenever he will
Find you then he would nothing but kill
You and not only you but all
Who helped you to disappear from the hall
He locked you in.

Susannah: Oh, dear me, my elves, have you heard
               The news brought us by Bernard the shepherd?

Shirley: Don't get in a panic, we'll find a way!

Hazel: You'll be undiscoverable as the needle in hay!

Zoë: We hide you in here and when he kicks in the door …

The three elves: We promise he will never get you – nevermore!

Susannah: It's touching how you care about me,
               But understand, the King so violent will be
               That even you won't be able to help!
               When he maltreats you like dogs you'll yelp,
               Unscrupulously he handles his enemies …

Bernard: If you need help, I'm there for you,
               Just let me know what I can do.

Susannah: So many thanks, herdsman of sheep,
               But still there's a promise I have to keep.
               Still I'm Hamish's future wife,
               Even though it's like a knife
               Cutting terribly into my heart,
               Which long ago was torn apart.

Shirley: You ken you don't have to go back to him …

And then they muse of what could be done
While gloomy clouds darken the sun.
Heavy thunder-clouds announce the threat'ning disaster
Because on his way is Susannah's master.

Susannah: Believe me it's better to go back to Hamish.
                     He wouldna kill me or fillet like a fish.
                     And before we all get into trouble – I will leave.

Shirley: You're not as mature
                     As I thought of you!
                     But you have to know
                     What you're going to do.

Bernard: I'll go with thee to be thy protector.
                     Come on, my dogs, Archibald and Hector!
                     You not only have to look after the flock
                     But also after the lass around the clock
                     For that no evil will do her harm.

And sitting in the house's light and warmth,
Silent while on the outside rage the storms,
They all for themselves think of the end of this tale,
Cosiness leads them into sleep's dale.

*

Yet by the dawn,
When dew and haze
Intensify the morning's grace,
When larks swing up into the azure,
The folks awake.

The storms are asleep and all they left
Is clean cold air, we can see the breath
Of Susannah and the others standing outside the door,
Saying goodbye and hugging once more.

And when Susannah and the shepherd go,
Out of Shirley's eyes tears do flow,
Because she foresees the events yet to come,
Knows about them nothing can be done.

The future Susannah's ruin will be,
For again she's going to try to flee,
And this time no one will be around,
When destiny's hands around her neck have wound.

*

Weeks are gone into the land,
Since Susannah waved her hand.
Since "Goodbye!" and "Cheer up, lass!
Resist whatever Hamish does!"

And she resists, though nearly dead,
When Hamish seizes the beauty's head
And crashes it right into the wall,
That loads of blood covers the hall.

All his aggression and anger he put
Into his punches, the lass only could
Protect her face and he thrashes like blind,
Causing injuries of the worst kind.

He leaves her lying there on the floor,
In her own blood, walks out of the door.
When from a shadow in the hall
Comes Shirley who has seen it all.

Our little fairy stayed by her side,
Always out of Susannah's sight.
But now she can't hold back no more.
Help, that's what she's looking for.

As fast as she can she flies to find
Someone who's not of Hamish's kind.
A servant comes, thank God, real' soon,
Escorts Susannah to her room.

*

The obvious wounds they are healed now,
But those in mind will stay.
Susannah is alive somehow,
Gets better every day.

And only a month later the King
Proclaims: "Folks, in ten days afar
Will happen the royal wedding - I'll take
Susannah to the altar."

And then all the town in bustle
Is preparing the gigantic event.
Young 'n old's looking forward to guzzle,
Sometimes the delight's too turbulent.

Yells and quarrels, fights and laughter,
Some broken dish to be found.
Hairy cows slaughtered, some women raped,
Sometimes the law doesn't count.

And meanwhile in the castle
Susannah surrenders to fate.
The only thing's "grin and bear it"
To hide the rising hate.

It seems as if King Hamish
Forgot what he had done.
Being in a good temper
He puts his clothing on.

Then he just wants Susannah
To have with him the lunch.
With a suspicious look at him
She watches Hamish munch.

The King winks at Susannah
Who so surprised does wince.
"Oh, Lord, what happened to this man?"
Is all Susannah thinks.

Susannah:	What is it you're so happy about?
Hamish:	For long you didn't make me shout And I'm enjoying this.
Susannah: *(and thinking)*	Are you? I cannot believe it the former beast Has turned for a hundred eighty degrees.

And then again our King
Does something unexpected,
He silently starts crying,
Tears over years collected.

The water seems to flow and flow
Out of an opened lock.
Off of the King's stone-like heart falls
A heavy weighing rock.

The King who once was violent,
He cries like a baby now.
Should he be softened in the end?
Susannah's confused somehow.

King Hamish's continuously sobbing
With eyes so humid and red.
And onto Susannah's knees
He lays his massive head.

Hamish: Susannah! Oh, my Susannah forgive
The sins that I committed!
I promise you that I will live
Piously and well-mannered.

Never again I'll raise my hand
Against a living thing.
Hate and violence have an end,
I promise as the King.

I realized the mistakes
That I have made for long.
It's time now for a break,
I'm sorry – I was wrong.

Emotion overcomes the lass,
She cannot hide her tears.
Both of them sit and time does pass,
Forgotten are all her fears.

"Why did I always think of him
As if he was a madman?
Behind a mask that's really grim
He's vulnerable," thinks the hen.

"The future Susannah's ruin will be,"
Is what the elf once thought.
The future is what happens now,
By fate Susannah's caught.

The snare pulls tight and tighter
The more Susannah trusts
The King cause all he swore's
Already eaten by rust.

Under improvement's surface
King Hamish's still a tyrant.
It's only a question of time when
Old habits come up again.

Not yet Susannah foresees a thing,
Knows not what will happen soon.
Happily she strokes King Hamish's hair
As closer comes the noon.

*

And then the day of the wedding is near
Most of the guests are already here.
Excited Susannah puts on her dress
That nearly takes away one's breath.

Led by the bridesmaids she goes along
The alley made by the crowd among
Whom such guests as the Duchess of Wales
With husband to Susannah hails.

Proud and with dozens of gems in her hair
Susannah strides, no, like a fair-
y she seems to glide there to the throne
Where Hamish waits majestically as known.

Festive King Hamish off the throne does lift
Then he gives Susannah a little gift.
When she stands beside him – wondering,
Staring at the diamond ring.

The ring of such an enormous value,
So well polished and brand new,
Burns on her finger, makes her whine
Burns so much – oh, what a sign.

But there's no time to think a lot,
The gloomy thoughts disappear.
A wedding is a happy thing
And that is why we're here.

So further and further the party goes on
And everyone seems to have fun.
The castle and its place in front
Burst like a fat, stuffed Hun.

Out of the casks the wine does flow
And runs in large amounts.
The villages' population in rows
Waits for the moment to pounce.

To pounce on the buffet the King gives out
On the occasion of the royal wedding.
But before the big booze starts, the crowd
Is forced to do some dancing.

The tables aside and making some space,
The people prepare for the Ceilidh.
Everywhere and in every place
As if they do so daily.

The musicians around the guy Robert Fish
They play as fast as hell.
The kilts fly high, the old men wish
To find a younger belle.

And just beside the dance-floor
Susannah leans 'gainst the wall.
Around her distinguished women
Stand gazing through the hall.

The ladies gossip for ages
And cackle like hens in their house
About the stalking fox
Named Gordon MacMarouse.

And on and on they gossip
About hair-styles, fashion and men
As effectively slow the door opens
And warrior Euan comes in.

With open mouths the people
Stare at the lovely lad
Who has a striking face
And red hair on his head.

His name is Euan MacGregor,
Son of a neighbouring king,
Who walks along the floor
Towards the most beautiful thing.

All eyes on him he works his way
Through the huge crowd standing aside
With no attention for someone else
But for King Hamish's bride.

It's love that fills the warrior,
His heart goes very fast.
His hands get wet and start trembling
As closer comes the lass.

They deeply look into each other's eyes,
He takes her by the hand.
Their minds up in rose-coloured clouds
In front of all they stand.

And even shy Susannah
At once in love she falls.
Cupid's arrows whirr around
But then King Hamish calls.

So the musicians start to play,
The people start to dance.
Susannah seeks for a partner
And Euan sees his chance.

Together they dance wildly,
Their bodies full of heat,
While Hamish sits at the table
And wolfs down the meat.

And next to him the Duchess
Of Wales shows what she's got,
And as before Susannah and Euan
Now Hamish's getting hot.

With greedy, oily fingers
He touches the Welsh chest
And out of the expensive dress
Slips the Duchess' breast.

The partners change on the dance-floor
And so they do in life,
The King kisses the Duchess
Forgotten is his own wife.

And when Susannah's dancing
With Cameron she sees the King
Whose hands are under the table
As if he's hiding something.

The Duchess' eyes are rolling
Under the royal hands' treat.
King Hamish's horny as a buck,
His body's total greed.

The boy Susannah dances with
Has a strange gleaming sight.
His eyes are twinkling and shining
Like beautiful stars at night.

Susannah: What is your name, my little friend?
                   Where are you coming from?

Cameron: Out of MacCallum's clan I am,
                   The little Cameron.

                   I'm living right here next to you,
                   Far from my family.
                   For I want to be close to you,
                   Since years I've been loving thee.

Susannah: You are a little late for that,
                   My dearest lovely thing.
                   Unfortunately we are
                   Here dancing at my wedding.

Cameron: They all might think, lady forgive,
                   This here's your wedding day.
                   But I see more than all of them,
                   It is your ruin I say.

Susannah: What is it that you're saying, boy?
                   How come this is my ruin?
                   I'm married to King Hamish now –
                   Or do you think of Eu'n?

Cameron: I see more between you and him,
                   Not blind I am, have you heard?
                   You'll run away tonight from here
                   And Hamish keeps his word.

King Hamish will then kill you,
The sword does more than slit.
Euan the Warrior and you will
No longer live, not a bit.
But I waste time.

Susannah feels uncomfortable,
The boy's words seem to work.
She thinks them over and over again,
But smiles then at the jerk.

So further and further the party goes on
And all are enjoying themselves.
They drink and dance and laugh and love,
In no time it's after twelve.

*

And as the little boy foresaw
It happens later that night.
In silence Susannah and Euan flee,
The darkness helps to hide.

But as it often is in life,
Some things have no good end.
Susannah's sneeze comes out –
And there does Hamish stand.

He roars and foams with rage and
Brandishes his giant sword.
Euan protects his Susannah
And horribly gets caught.

The blood gushes out of where
There once was Euan's head.
Susannah's eyes wide open,
She sees her lover dead.

Hamish: I warned you and not only once
I'll do so like I did!
Be ready now, ungrateful whore,
To get the final hit!

A shrill scream could be heard then,
Again the blood flows red.
The beauty's body sinks to ground,
Susannah's also dead.

This could have been the end, you're right,
For Susannah to death is bleeding.
But remember this is a fairy tale
So calm down and keep reading.

The sword falls right next to Susannah
Into a puddle of blood so red.
It squirts in ev'ry direction and writes:
"Look what you've done, she's dead!"

King Hamish in horror stumbles
As he turns 'round in disgust.
He runs away, out of the scene,
It hasn't settled the dust.

For many guests of the wedding
Stand outside their rooms and stare.
Most women cry, a warrior says:
"For God's sake, such a nightmare!"

And early the next morning,
While most guests doubt it's real,
The bodies are carried away,
King Hamish tries to conceal.

He has them taken out of the town,
Far away from guests and the people.
No grave for the two, no lamentation,
No bell ringing from a steeple.

Back there in the castle King Hamish goes
To the witnesses of last night.
He threatens to kill them in case they bring
The truth of what happened to light.

So no one exactly knows what happened
For something else is said.
Susannah the whore and Euan,
Together they have fled.

And that is why King Hamish
Still is as loved as before.
He is the poor one left,
Left by Susannah the whore.

The only one among the people
Who knows that something's wrong,
Is the boy Susannah danced once with,
The boy named Cameron.

Gifted as he is he seeks Susannah,
Finds in the hills the King's wife.
He takes her on his shoulders back home
To bring her back to life.

And as the powerful magician he is,
I grant a little one,
He makes Susannah alive again,
A few spells – and it's done.

Susannah:	What happened, oh, just where am I?
Cameron:	You're safe here and it's no lie What I'm telling you right now. You've been dead – don't wonder how You came back to life again I am Cameron – magician.
Susannah:	Where is Euan, the love of my life? Don't tell me of death, don't twist the knife! That in case he's dead cuts out The heart of mine, oh, say it loud, That King Hamish didn't do What I fear, oh, help me through!
Cameron:	I am sorry, Susannah mine, I can't prevent you from starting to whine! But Euan, he got killed by the King As you did – don't you remember a thing?
Susannah:	A magician is what you say to be? Prove it, come on, prove to me! Bring back the one I love to life, Make happy this suffering wife!

The boy she was dancing with back then
Turns now into a very old man,
Who used as a disguise the youth
For ugly and wrinkled is the truth.

Cameron:	Make sure you're happy is what I Promised your father when he did die. He asked me to keep an eye on you, Since then it is what I try to do.

When you were a girl, I was your doll,
When you played outside, I was a troll,
Hiding always from your sight,
Even was there during the night.

As a cat sitting on the window-sill,
As a singing bird when you were ill.
Sometimes standing behind your reflection
In the mirror watching the action.

Your mother told you of me, I know.
I followed you everywhere like a shadow.
And only one time I wasn't around
When Hamish killed you – death you found.

I owe you so much to eliminate
The mistake I've made and now I hate
Myself for what had happened then.
Tell me, what's your desire, hen?

Susannah: For anything I don't blame you!
And, aye, there's something you could do!
Bring back my Euan, I miss him so,
Together we'd live and old we'd grow.

Cameron: So I will do what your wish is
To see you revel in a bliss.
Your Euan will come back to life,
Will take you home as his young wife.

Then Cameron turns away to leave

And moments later that felt like years
Lovely Susannah breaks out in tears
'cause Cameron and Euan side by side
Come up to her – no, proudly stride.

83

When lovers meet, angels are singing.
When lovers kiss, the bells are ringing.
And so they do for our couple here,
Forgotten sorrow, hurt and fear.

The old magician happy he is
To see the right man place a kiss
Onto Susannah's cheek of blush
As heatwaves through her body rush.

Cameron escorts them along a track
That leads Susannah and Euan back
To a cottage in a hidden place
As there appears a well-known face.

It's Shirley, the little fairy herself,
The most beautiful teensy Scottish elf
Who's happy now to see her friend,
To kiss and hug and shake her hand.

Shirley: Oh, my dear lass, I'm happy so!
                    I swear won't ever let you go
                    Away from me – but tell me now
                    Who's this lad here – he is just wow!

Susannah: This Euan is – the love of my life,
                    To him I'll be an equal wife.
                    And Euan – here, this little elf
                    Is Shirley the greatest friend to myself.

                    She was there for me, day and night.
                    She warned me 'gainst 'coming Hamish's bride.
                    When I did cry she made me laugh,
                    She is the best friend you can have.

Shirley:	Uh, don't exaggerate, my sweetest friend!
	Come on, you guys, come take my hand,
	I'll show you now where you will stay,
	Hopefully it's big enough – I start to pray.

And as they enter the tiny room
It's starting to grow and very soon
It's got the perfect size for the two
When Cameron's done his work – yoo-hoo.

Susannah:	I do remember this place right here
	When I ran away from Hamish in fear.
	In this house I found love and laughter,
	I'd love to stay here forever after!

Shirley:	Feel free to do so, my little lass,
	Take time now to forget what was!
	Look to the future, you will see,
	What good will happen then for thee.

For you as well, my sexy man,
The future will be with this hen.
A future of love and tenderness,
Of eight children and not one less.

Euan:	We owe you so much, my dear friends,
	All I can offer is these two hands
	To help wherever help is need'.
	Though I'm a warrior – can work indeed.

And Euan, Susannah, Cameron and the elf
They start to laugh and to herself
Susannah thinks: "Oh, what a day
I wish forever it could stay."

Now Cameron the old magician says "bye",
He has to leave – don't ask him why.
He has to save his power and magic
For soon they're needed for a final trick.

Later that day Hazel and Zoë return,
They bring some logs and now they burn
Them in the oven to heat the house
When Euan to Susannah bows.

To dance with him he asks his Queen
And here you see – she's still a teen,
Her body makes a really hot move,
For youth and passion a perfect proof.

From now on they all live in peace,
From all directions like swarms of bees
Dozens of other elves arrive,
Susannah's so happy with her life.

Let's have a look at King Hamish now,
In front of him the ladies bow.
Yes, bow, not drop a curtsy as known,
Every single one desperate for the throne.

The auditions he holds for the queen's role
Satisfy, but can't really fill the hole
That's left in his heart since Susannah's death.
Somehow he loved her – but couldn't show that.

She always was there when he was in need
Of someone to lean against, someone to lead
Him out of the blues he had once in a while,
She was so mature though being juvenile.

Forgotten all he did to her,
His memory's becoming blurred.
The yearning for Susannah grows
At last a little feeling shows.

A few days later the angrier he is
When messengers on horses tell him this,
What you – the reader – and I know:
Susannah's alive and happy so.

King Hamish who'd only just been sad
About the fact that Susannah's dead
Is now exploding 'cause she's alive,
Not only this – another's wife!

So Hamish his troops he does convene,
Forgotten his longing for the teen.
Their blood is what he wants to see,
This fight the final one will be.

King Hamish and his men they go
To kill the couple and to show
That no one in this world can make
A fool of him – a deadly mistake.

The messengers lead all the way
To the cottage where the lovers stay.
The news of the King and his men marching up
Makes Shirley spit her tea back in the cup.

Shirley: Oh, holy mother, who would have known
That Hamish ever gets off his throne
To find a girl he only abused?
Tell me guys, I'm quite confused!

Euan: It is because I'm here with her,
To his offended heart a spur
This is to retaliate upon the opponent
That makes him force me to make atonement.

All our elves all at once talk,
Some say "let's fight", some say "let's walk
Away from here as long as we can."
And Shirley says: "Let's ask this hen."

Susannah feels so weak and small,
But soon she makes them hear it all
What the decision is she made:

Susannah: Never again resign myself to fate!

                 Those times are over when I bent!
                 He wants to fight? Fine, here's my hand!
(shouting out)   King Hamish, do you see this sword?
                 Come over here, get your reward!

                 The elves and Euan stand in shock,
                 Shirley in the first place starts to knock
                 On wood and the others join in,
                 Ready for the showdown to begin.

                 Right on cue King Hamish appears,
                 Despite her tough words Susannah fears
                 This brutal bastard and his men,
                 But she will fight as best as she can.

Hamish: You really think to defeat me?
                 One warrior and some elves so wee?
                 You'll need much more, let me tell you,
                 A miracle, or maybe two.

Cameron: A miracle I show you, King!
(appearing out of Look, here, this wand I wave and swing
nowhere)   And faster than the blink of an eye
                 You'll realize and say: "Oh, my!"

The old magician swings his hand
A golden dust appearing and
Then covering all the little elves
Each finds ten copies of herself.

An Icelandic elf can't believe what she sees
"'An army of me' – how grand is this?!"
And all the other fairies as well
Strengthened and proudly feel their chests swell.

This makes King Hamish losing his sneer
Also his men, they want to disappear.
But too late, the elves a massacre have started,
From most soldiers' bodies the heads are parted.

The battle's bloody, cruel and short,
All of the King's men died by a sword
That a tiny fairy held in hand,
This story's almost at its end.

King Hamish is the only one
Left for the elves a great job've done.
His fear gives him power to face the fight
That maybe ends in eternal night.

Roaring Susannah he wants to kill
But Euan and Cameron thwart his will,
Protecting her they step towards the King,
Let's hope to him death they'll bring.

But Hamish's a true master of sword fight
And soon our Euan gets caught on the right.
His arm is bleeding, his sword drops down,
Arrogant Hamish can't hide his frown.

Susannah who woke from her rigidity
Screams wildly to cover anxiety
For Euan – she doesn't want to lose him again
To get rid of Hamish – that's her plan.

Bravely she goes for him with the sword,
You can hear the elves whisper: "Oh, my Lord!"
But Hamish is so much stronger and faster
He dodges – indeed he is a master.

Right at the moment he swings back
To cut the girl's head off her neck,
Cameron in the trajectory stands,
Susannah covers her mouth with both hands.

She knows what will happen – she's been told,
She sees the blade that's made of gold.
The magician's end this here will be,
Cameron got hit – a slash you see.

Hamish: You damn old fool why'd you interfere?
This hit was meant for this whore right here!
On the other hand you cannot help her no more,
At least your death was something good for.

Cameron: You forget I'm a magician though a dying one,
Still enormous powers through my veins run
And these I use to seize your throat
Take you with me – disgusting toad!

And then the ground shakes, a terrible noise,
A pitch dark hole opens and the voice
Of Hamish is being drowned out there's fear
In his face when they both disappear.

Susannah and the others become aware
Of the fact that to an end has come this nightmare.
Shock and sadness give way to a smile
And also to joy after a while.

Another loud explosion takes
All their attention for something makes
The elves' clones vanish into light
That brightens the upcoming night.

To celebrate the victory
Over Hamish, hate and tyranny
The elves heat the fireplace and start to dance,
Like weeks ago Euan sees his chance.

They dance together so wildly and free,
The lust for life you literally see.
Almost forgotten what happened till now,
Susannah to everyone present does vow:

Susannah: From now on in this kingdom here,
There's no more war, or fight, or fear!
Still I am the Highland Queen,
The best the world has ever seen.

My mother and father, the late Queen and King
Will help me to do my best 'cause I'll bring
Freedom and peace back to this land of mine,
Over the Highlands the sun always may shine.

Symbolically I mean.

Susannah looks at the elves – one after the other
At Euan as well, now there's no other
Way but to start a relieved laughter
And so they lived happily ever after.

*

"Oh, what a nice story, granny," the little girl said. "I like it when they get each other in the end."

The oldest boy chipped in: "What happened to Susannah and Euan? I mean, here's their former castle standing as a ruin. Did they move somewhere else? I think living happily ever after is impossible."

"Of course it's impossible to live forever, but you have to see and understand the times and the circumstances in which all of the fairytales were told for the first time."

The boy looked a little confused so his grandmother told him that people in medieval times had to struggle to earn their living or worse, try to merely survive. So it was necessary for them to keep the faith in something good, to believe that there would be a happy ending. People expressed their wishes and hopes for a better time, their own "happy ending", in these fairytales.

The three kids were looking at their granny open-mouthed and waited for more.

"There is one thing that is still valid today even though the centuries have come and gone. As long as you believe in something ..."

"Something like elves, too?" the girl asked.

The grandmother smiled and let her gaze wander over the scenery surrounding the ruin. Weightless sparks were dancing above the poppy flowers and the grass. Was it just the heat? Was it just physics with its optical illusions? Or could it be Shirley and Hazel and Zoë and all of their friends dancing in the late afternoon's sunlight?

As long as you believe ...

Stefan Radoi
Susannah

Die Highland-Königin / The Highland Queen
Eine Liebesgeschichte / A Love Story

9 783839 186862

Danksagung

Im Laufe der elf Jahre, die es unter anderem aufgrund zeitlich großer Unterbrechungen dauerte, „Susannah" von einer ersten Idee bis zum vorliegenden Buch zu entwickeln, wurde ich von einer ganzen Reihe Menschen begleitet, angetrieben und unterstützt. Ihnen allen gilt mein Dank! Und wenn ich in dieser Liste Namen unterschlagen haben sollte, dann seid so gut und schiebt es aufs beginnende Alter und seine Auswirkungen auf das Merkzentrum des Gehirns.

Susi

Zuerst möchte ich dir als meiner langjährigen Freundin danken! Du warst es, die mich mit ihrer Art und Affinität für Schottland zu meiner Geschichte inspirierte. Du warst es auch, die immer und immer wieder meine Rohfassungen durchackern mußte, die sich mit Fragen bombardieren ließ, die maßgeblich an der Entstehung des Buches beteiligt war. Danke dafür!

Luv ye, always have!

Anja Klaeden

Deine abschließenden Korrekturen waren unbezahlbar. So spontan auf Kommando und in der kurzen Zeit … Ich sage nur „conditional type III" „Vollverben" und so weiter. Danke!

Fatma Bilgen

Meiner Chefin möchte ich besonderen Dank aussprechen für das eine aber umso wichtigere Gespräch bezüglich inhaltlicher Fragen. Ohne deine Impulse wäre einiges im Unklaren geblieben! Ja, du bist eine Muse *lach* Danke!

Phillip Gill-Simmons

Für deine Hilfe in letzter Minute bin ich dir sehr zu Dank verpflichtet! Und ich freue mich immer noch über deine aufmunternden Worte!

Roland S. and Andrew D.

Dank gebührt auch euch, meinen beiden Lieblingsengländern! Wieder und wieder habt ihr meine Mails mit allerlei Fragen beantwortet, geduldig meine immer verworreneren Grammatikkonstruktionen aufgedrisselt. Danke, daß ich euch meine Freunde nennen darf!

David G.

Und nochmal geht der Dank nach England. Deine Ratschläge und die Gespräche mit dir waren sehr hilf- und aufschlußreich! Danke dafür!

Den Künstlern und Freunden, die mir ihre wunderbaren Zeichnungen zur Verfügung gestellt haben:

Gunnar Otto	googi@web.de
Hans-Peter Scherbaum	Freischaffender Künstler in Frankfurt am Main www.scherbaum.de
Michael Dieringer	www.der-freischwimmer.net

Und natürlich gilt der Dank auch meiner GANZEN Familie.

Am allermeisten möchte ich Jeannette Hesse für ihre unendliche Kreativität und fachliche Kompetenz im Erstellen von Printmedien danken. Ihre grenzenlose Geduld verdient höchste Anerkennung.

Trotz massiver Unterstützung bei den Korrekturen und Berichtigungen bei Fehlern der Grammatik, der Lexik und des Ausdrucks findet sich noch das ein oder andere, was unstimmig oder fehlerhaft ist.

Dies ist MEIN Verschulden und NICHT das der Helfenden!

Oft genug setzte ich mich zugunsten des Reims über Grammatik oder die Tatsache hinweg, daß gewisse Redewendungen nur im Deutschen existieren. Egal, es hat Spaß gemacht!

*V*or langer Zeit, tief in den schottischen Highlands. Die junge Königstochter Susannah ist nach dem Tod ihrer Eltern gezwungen, den brutalen und ebenso herrsch- wie geltungssüchtigen König Hamish zu heiraten. Auf der Hochzeitsfeier lernt Susannah die Liebe ihres Lebens kennen – Euan MacGregor.

Mit Hilfe ihrer Freunde Shirley, der schönsten schottischen Elfe, oder Cameron, dem kleinen geheimnisvollen Zauberer, nimmt sie den Kampf für die wahre Liebe auf.

*

*O*nce upon a time in the deepest Scottish Highlands. Susannah, the young daughter of a king, is forced to marry King Hamish who's brutal, domineering and always graving for admiration. On her wedding she meets the love of her life – Euan MacGregor.

With the help of her friends Shirley, the most beautiful Scottish elf, and Cameron, a little and mysterious magician, Susannah's preparing to fight for true love.

Bisher erschienen

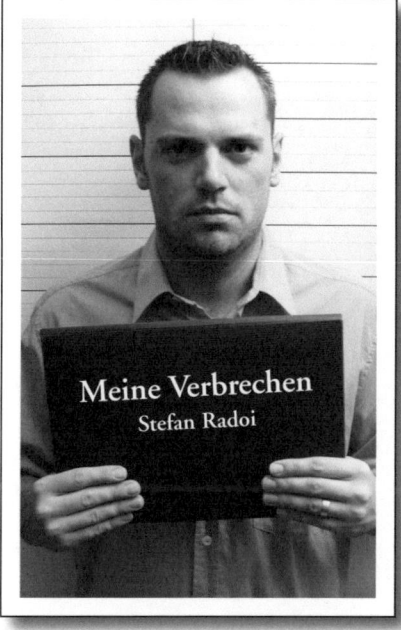

Auf den Friedhöfen ereignet sich Mysteriöses. Eine Urne verschwindet aus diesem Grab, aus jenem ganz und gar die Leiche. An ihrer Statt quillt ein Chaos aus blutiger Rache hervor.
Eine Lehrerin wird erhängt aufgefunden und in den Wäldern lauert das Grauen.
Ein Goldfisch vergöttert seine Besitzerin, eine Italienreise gerät zur Farce, ein Filmstar wird von Alpträumen gequält und ein Mädchen bringt mit seiner Schönheit alle um den Verstand.
Dies sind die Zutaten für die ebenso makabren wie humorvollen Verbrechen, die der Autor an der Literatur begeht.

Stefan Radoi
„Meine Verbrechen"
erschienen bei Books on Demand
ISBN: 3-8334-4465-7

For more about me see

www.stefan-radoi.com

Meet me on Facebook

*

Erfahren Sie mehr über mich

www.stefan-radoi.de

Once upon a time in the deepest Scottish Highlands. Susannah, the young daughter of a king, is forced to marry King Hamish who's brutal, domineering and always graving for admiration. On her wedding she meets the love of her life – Euan MacGregor.

Despite the help of her best friend Shirley, the most beautiful Scottish elf, the tragic events that are about to begin cannot be stopped.

*

Vor langer Zeit, tief in den schottischen Highlands. Die junge Königstochter Susannah ist nach dem Tod ihrer Eltern gezwungen, den brutalen und ebenso herrsch- wie geltungssüchtigen König Hamish zu heiraten. Auf der Hochzeitsfeier lernt Susannah die Liebe ihres Lebens kennen – Euan MacGregor.

Der Beginn tragischer Ereignisse, die selbst mit Hilfe ihrer Freundin Shirley, der schönsten schottischen Elfe, durch nichts aufzuhalten sind.

Acknowledgements

Many, many thanks to everyone who helped me in the process of writing this book.

First of all I'd like to thank Susi for being a friend for nearly 2 decades and for being such an inspiration and help during the years! I loved you from the start!

Thanks to Anja Klaeden for her amazing proofreading and Fatma Bilgen for giving the most important impulse.

Thanks to my dearest friends from East Anglia, Roland S. and Andrew D., for their support and help no matter what question I've had.

Thanks to David G. from the UK for his kind help.

As well from the UK but living in Germany, Phillip Gill-Simmons has to be thanked for his last-minute-help, too.

An extra big THANK YOU to the artists for their cool and amazing works:

Gunnar Otto   googi@web.de
Hans-Peter Scherbaum   www.scherbaum.de
Michael Dieringer   www.der-freischwimmer.net

Thanks to ALL my family!

The biggest "Thank You" to Jeannette Hesse for her amazing support, creativity and patience.

All the mistakes made in this book are MINE such as German expressions translated into English despite I was told not to do so or bending grammar rules – I did it all for the rhymes … and enjoyed it!

Stefan Radoi

Susannah

The Highland Queen / Die Highland-Königin
A Tragedy / Eine Tragödie

9 783839 186862

Susannah
The Highland Queen
Die Highland-Königin

Stefan Radoi was born in 1978. In 2006 his first collection of short stories "Meine Verbrechen" ("The Crimes That I Committed") was published. The author lives near Frankfurt/Main in Germany.

For more information see www.stefan-radoi.com

Stefan Radoi

SUSANNAH
The Highland Queen
Die Highland-Königin

A Tragedy
Eine Tragödie

Bibliografische Information der Deutschen Nationalbibliothek:
Die Deutsche Nationalbibliothek verzeichnet diese Publikation in der
Deutschen Nationalbibliografie; detaillierte bibliografische Daten sind im
Internet über dnb.d-nb.de abrufbar.

Copyright © 2010 Stefan Radoi

Herstellung und Verlag: Books on Demand GmbH, Norderstedt
2nd Edition

Drawings:
Gunnar Otto (pages 23, 100, 105)
Hans-Peter Scherbaum (page 14)
Michael Dieringer (pages 54, 89)
Stefan Radoi (Covers, pages 41, 65, 77)

Layout and Design: Jeannette Hesse

ISBN 978-3-8391868-6-2

www.stefan-radoi.com
www.stefan-radoi.de

Content

The Cast

Susannah	beautiful young maid – she's forced to marry King Hamish
Hamish	tyrannical, ruthless and greedy monarch
Shirley	the most beautiful Scottish elf and Susannah's best friend
Mother	Susannah's mother, confidante and friend who is broken by her husband's death
Hazel & Zoë	elves and friends of Shirley
Bernard	shepherd and bearer of bad news
Euan	handsome warrior who head over heels falls in love with Susannah
Cameron	a mysterious magician
Susannah	beautiful young woman
Wedding guests	
many other elves	

ranny, granny, please read us a story!"

Three little children jumped up and down and around the charming, old, white-haired lady when she came into the cottage's reading room. Actually, she wanted to end the day with a good book and an even better glass of wine – by herself. Her grandchildren had kept her on the trot all day long. She loved them more than anything else in the world but was too old now to play cricket, chase after a football or comb the doll's hair like her youngest did lost in thought for hours. They were enjoying their holidays up here in the Highlands, far from the beautiful city of Edinburgh where they lived. "Oh, look how cute they are" she thought. The children had put more wood onto the fire, a single candle lit the room dimly and a woollen blanket was inviting her to her comfortable armchair.

"Granny, have a seat and read us a story," the oldest boy said.

"Look, we have prepared everything," the other boy said.

Up on the small table next to the armchair a box of chocolate cakes and four cups of hot milk had been arranged. Not even the napkins were missing.

"Come on, granny. We wanna hear about this girl from the Highlands!" Excitedly the little girl pulled her to the chair.

"Alright, my dears. Alright!" She smiled at the three of them. At almost ten, the oldest was still desperate for fairytales. Love flowed through her heart. She sat down and the little girl put the blanket on her grandmother's legs.

"Legs up now," she commanded. The old lady did as she was told, lifted both legs so the girl could wrap the blanket tightly all around. Now grandmother sat warm – and unable to move. She smiled and opened the old book the kids had put on the table, too. Just as she wanted to begin the story, the door opened and a younger version of granny came in.

"Here you are, little horde! I thought you were in bed sleeping already!"

"Mum, just one story, please!"

"Yeah, mum, let's just hear this story!"

Grandmother smiled at her daughter and beckoned her to have a seat herself and listen as well. Mother sat down in the middle of all the cushions and sipped from one of the milk cups. Then expectant silence was all around. The old lady looked out of the window and her eyes were searching the ruin out there in the early night, a castle on a small hill not far from her cottage. The castle where it all had taken place.

*

9

Oh, once upon a long, long time
And in the Lands so High,
So wild and rough and beautiful,
So wide beneath the sky.

When man believed in fairies,
Spells of the magician,
When brutal battles were fought by heroes,
Our tragedy began.

*

Yet by the dawn,
When dew and haze
Intensify the morning's grace,
When larks swing up into the azure,
Susannah comes.

Bare-footed, not aware of the cold,
She is dressed lightly in a robe
That must've been woven by the angels,
So silky and so tender.

And for a moment she forgets
What harm her King has caused.
The lungs she fills with clean cold air
As Hamish calls.

| Hamish: | Susannah! Where is this early bird, |
| | Whose cage I have not opened yet? |

Susannah:	This bird is here
(and murmuring)	Trying to fly,
	Escaping thy vigilant eye.

Hamish:	Not ev'ry word came up to me,
	So blind mine eyes, I can't find thee.
	And now, where is my future bride?
	My command is: No longer hide!
Susannah:	Here is what you're longing to see
	And I ask you not to scold me.
	If you are willing, wait a while
	I will come up
(and to herself)	I will not rile
	You more than I've already done.
	I wish I was much earlier gone,
	Gone far away from violent Hamish
	Who smashes in anger not just dish
	Who, too, beats me!
	Hoo … What am I saying?
	So mouth keep closed and silent be!
	No word more through the lips of me.
	What was it that my mother said
	Before she passed away by death?
	She said to me: "My dearest child,
	Not even when a man as wild
	And coarse as any beast of prey
	Is I implore you not to do revolt,
	Against him be subject!" That's what she told
	Me when she died and now it's on me
	To behave as it's expected by thee,
	Oh, beloved mother.

And all of a sudden comes the other.
The King himself comes down the stairs,
It flutters the dressing gown he wears
Around his legs 'cause hasty in steps
He goes to meet Susannah.

Hamish:	Where have you been?
	It is improper for the future Queen
	To wander around through night and ground.
Susannah:	But …
Hamish:	Not do contradict your master's word,
	You naughty, stupid, little bird.

Says so the King,
Takes her by the hand,
Drags lovely Susannah into the land
Where normally peaceful sleep is home.
But not this morning, she's so alone.
And no one is here to see her fear
As the King violates the innocence.

Nevertheless, someone saw what he did.
A fairy does on the window-sill sit.
It's Shirley, the red-haired fairy herself,
The most beautiful teensy Scottish elf
Who now clenches her little fist
And only hardly can resist
To kill the King.

Instead of killing him she flies
To the man, blows into his eyes
A magic dust – he loses lust
To hurt Susannah – and falls asleep.

A little bit later
And with tears in her eyes
Susannah awakes from this nightmare.

Susannah:	Who did this wonder? Who saved my soul?
Shirley:	It was me …

Susannah:	Who?
Shirley:	Me, here by the bowl! The little fairy – Shirley my name. I saw what happened through the window-pane. So I came in and did what I could, Unfortunately I cannot see blood. Otherwise I would have killed this beast.
Susannah:	But you saved me, he sleeps at least. So many thanks, my little friend. Come over here, sit on my hand And tell me what I do owe you.
Shirley:	You owe me nothing, don't be a fool. We are sisters, aren't we? I helped you, you will help me.

Says the little elf and lands
On Susannah's stretched-out hands.

Shirley:	Dear Susannah, listen now! Don't you ever make the vow! Never marry this rude man, Never do so, get me, hen?
Susannah: (she looks confused)	You seem to ken me What should I do? Oh, so often I tried to flee, But Hamish always did find me.

And another time she cries,
Hot salty tears fall from her eyes.
When little Shirley strokes her hair
Susannah does enjoy this care.
And slowly the beauty calms down.

13

Shirley:
This situation is so much
More complicated than I thought.
But if you let me sit down here
Then I would think a brilliant thought.

*

Weeks are gone into the land
Since this brutal incident.
The King does not recall a thing,
He doesn't remember what happened.

But lovely Susannah can't forget
What harm her King has caused.
So deep the wounds that are left behind
In the lassie's broken mind.

Hamish himself doesn't recognize
Susannah's sufferin'.
He only thinks of glory and fame
And the wars he wants to win.

But in no instant he thinks of the girl,
Who by the way's still a teen,
The woman he's 'bout to marry soon,
The Highland's future Queen.

And while the King is fighting
Against warriors and people so brave,
Susannah's sitting in her room
Oh, captured like a slave.

No longer she sings the happy songs
Of laughter and lust and love.
Veiled is the sight and silenced her voice,
So grey the sky above.

Only in her mind she prays
For help and divine assistance.
But when she's thinking of her mother
The brightest shine's in her glance.

Her mother she is missing so,
Much more than anything around.
She sees her face with loving eyes,
So close the two were bound.

It started when Susannah's father,
A charming man you'd adore,
As a very small kingdom's king he had
To leave and win the war.

A war led by some other kings,
But soon it would've affected the land,
That once was only peaceful,
The king tried to defend.

So mother and daughter were left behind,
They stayed back home alone,
To wait for their king and husband and father
To come back to his throne.

The mother told stories on and on
To distract her little lass.
One is about a magician
And the secret that he has.

A magician so mysterious,
But Susannah the secret was told.
He could be killed only by a sword
That's made of solid gold.

Susannah back then a girl she is,
A smart and cheeky one,
She asks her mother sceptically,
Where she does know it from?

Mother:	The magician I'm speaking of
	Is barely known by you.
	Your father and he are dearest friends,
	I swear, my love, it's true.

They fought in battles and in wars,
The magician got hit.
Your father helped him fight the death,
Thankful he told him – that's it.

Since then they're even closer friends,
No secrets between the two.
Their friendship is unique and strong,
Imperturbable and true.

So mother and daughter spent their time
Missing their love but don't moan.
As one day from the battle the king
Did not return back home.

Another warrior who's unknown
Killed father, husband and king.
He took possession of the land
And as well of the title of King.

But mother and daughter were allowed
With their staff in the castle to stay,
For the king doesn't need this place to live,
With it he wants to show off in a way.

One day and some time later
Susannah's mother died.
She couldn't get over the loss of
Her husband as hard as she tried.

The woman she did close her eyes
For all eternity.
Susannah kissed a last good-bye:
"Oh, mother, I love thee!"

Now all alone is what she is,
So vulnerable and defenceless.
This comes to ear of a greedy man
Whose goal in life's to possess.

He goes to Susannah's castle,
The door's closed but he breaks in.
He takes away the beautiful girl
As if she was a thing.

A thing like diamonds and cutlery
Gold or a precious carpet.
Greedily King Hamish used to say:
"I rob what I can get."

So it's not that he loves Susannah,
He just wants to show us
The power he has over
All and also our lass.

This is how came that our Susannah
To marry King Hamish she's forced to,
But he's to fight another battle
Before the threat comes true.

Now all alone in the castle,
King Hamish far away,
Susannah's thinking of the past,
It's such a gloomy day.

And just at this moment Shirley appears,
Flutt'ring around her head.
With a smile on her face she tries to make
Susannah feel not so bad.

Shirley:	Darling, dearest Susannah mine, No longer be sad, no longer whine. Cheer up, get out and go for a walk I'll go with thee, so we can talk.
Susannah:	But Hamish, the King, won't let me out, The last time I went he would terribly shout. The guards now have to watch over me, Time and again I wish to flee.
Shirley:	The more it's time to leave this ruin, So hurry up, it's almost noon. If it's thy will to leave, leave now! Another chance, I don't know how To tell you this – will never come!
Susannah:	Where do you know this from? Are you able to see, what will happen then? What in the future will be?
	Offended the little elf turns her head.
Shirley:	You don't believe in us, is it that? You don't believe in the gift we've been given!?
Susannah:	I do! I do! I really do! I only mean … it is that you – You are so tiny, helpful, there. I fear it is too much to bear For you on shoulders that are so slender The sorrows that I will surrender.
Shirley:	Nonsense, don't say such rubbish! Don't you do! I'm able to stand a lot more than you.

And then, with a move of her little hand,
She stops this escalating argument.
The women, heated and with blushed cheeks,
Face and Susannah for the right word seeks,
But nothing has to be said anymore.

*

Days are gone into the land,
Since this clearing argument.
Susannah and Shirley wander around
Through wind and sun and night and ground.

The elf helped Susannah to flee from the King,
But still there's the question:
What will the future bring?
Will Hamish find them or will he not?

After days of walking and nights sleeping out
Shirley shows the lass – oh, she's so proud –
A small cottage built by herself,
Built by our lovely red-haired elf.

This cottage is hidden behind a hill
And in the wall Shirley had written with a quill:

Bridget bless this hearth!

Susannah: It's such a beautiful, lovely place
                   And its warmth shines in my face.
                   A house built by so tiny hands …

Shirley: … and the help of dearest friends.
                   Hazel, Zoë, come look yourselves!
                   I brought to you this human elf.

| Susannah: | Hazel and Zoë, who can they be? |

| Shirley: | Do not fear, they're friends, you see?
They're also elves. |

And with transparent, blue gleaming wings
The elves come out and Hazel sings
A song of women's victory,
Of female virtues like modesty
And chastity and patience.
Then three of them they start to dance
While Zoë's playing the whistle.

*

So from this moment happiness
Is all Susannah feels.
She and the elves enjoy their lives,
The sorrows are gone on wheels.

They do a bit of gardening,
But mostly laugh and sing.
They dance the wild and hilarious
And gorgeous Highland Fling.

But as it often is in life
The good things don't last long.
With no good news a shepherd
Named Bernard comes along.

| Bernard: | Hello? Is anyone in hee?
I think I've interesting news for thee. |

| Susannah: | I am Susannah, what's thy desire?
What news is burning thee like fire? |
| Bernard: | Are you Susannah, the future Queen?
The most beautiful the world has ever seen?
But, oh, forgive, how blind am I?
No one more beautiful has seen my eye
You have to be Susannah – the wanted. |

(the shepherd bows)

Susannah:	The wanted? What news do you bring? Tell me, is it danger that I'm in?
Bernard:	I think it's terrible for thee 'cause Hamish was furious that you did flee When he came back fro m the battle he fought, Nothing but "revenge" is what he thought. His rage grew more and so his hate, He ran around and took his blade. Headless and deep red in anger he was When he was saddling his giant horse. He swore an oath that whenever he will Find you then he would nothing but kill You and not only you but all Who helped you to disappear from the hall He locked you in.
Susannah:	Oh, dear me, my elves, have you heard The news brought us by Bernard the shepherd?
Shirley:	Don't get in a panic, we'll find a way!
Hazel:	You'll be undiscoverable as the needle in hay!
Zoë:	We hide you in here and when he kicks in the door …

the three elves:	We promise he will never get you – nevermore!

Susannah:
> It's touching how you care about me,
> But understand, the King so violent will be
> That even you won't be able to help!
> When he maltreats you like dogs you'll yelp,
> Unscrupulously he handles his enemies …

Bernard:
> If you need help, I'm there for you,
> Just let me know what I can do.

Susannah:
> So many thanks, herdsman of sheep,
> But still there's a promise I have to keep.
> Still I'm Hamish's future wife,
> Even though it's like a knife
> Cutting terribly into my heart
> Which long ago was torn apart.

Shirley:
> You ken you don't have to go back to him …

And then they muse of what could be done
While gloomy clouds darken the sun.
Heavy thunder-clouds announce the threat'ning disaster
Because on his way is Susannah's master.

Susannah:
> Believe me it's better to go back to Hamish
> He wouldna kill me or fillet like a fish.
> And before we all get into trouble – I will leave.

Shirley:
> You're not as mature
> As I thought of you!
> But you have to know
> What you're going to do.

Bernard: I'll go with thee to be thy protector.
             Come on, my dogs, Archibald and Hector!
             You not only have to look after the flock
             But also after the lass around the clock
             For that no evil will do her harm.

             And sitting in the house's light and warmth,
             Silent while on the outside rage the storms,
             They all for themselves think of the end of this tale,
             Cosiness leads them into sleep's dale.

                              *

                   Yet by the dawn,
                   When dew and haze
                 Intensify the morning's grace,
               When larks swing up into the azure,
                      The folks awake.

               The storms are asleep and all they left
                Is clean cold air we can see the breath
             Of Susannah and the others standing outside the door,
                 Saying goodbye and hugging once more.

               And when Susannah and the shepherd go,
                  Out of Shirley's eyes tears do flow,
               Because she foresees the events yet to come,
                 Knows about them nothing can be done.

                 The future Susannah's ruin will be,
                  For again she's going to try to flee,
                And this time no one will be around,
             When destiny's hands around her neck have wound.

                              *

Weeks are gone into the land,
Since Susannah waved her hand.
Since "Goodbye!" and "Cheer up, lass!
Resist whatever Hamish does!"

And she resists, though nearly dead,
When Hamish seizes the beauty's head
And crashes it right into the wall,
That loads of blood covers the hall.

All his aggression and anger he put
Into his punches, the lass only could
Protect her face and he thrashes like blind,
Causing injuries of the worst kind.

He leaves her lying there on the floor,
In her own blood, walks out of the door.
When from a shadow in the hall
Comes Shirley who has seen it all.

Our little fairy stayed by her side,
Always out of Susannah's sight.
But now she can't hold back no more.
Help, that's what she's looking for.

As fast as she can she flies to find
Someone who's not of Hamish's kind.
A servant comes, thank God, real' soon,
Escorts Susannah to her room.

*

The obvious wounds they are healed now,
But those in mind will stay.
Susannah is alive somehow,
Gets better every day.

And only a month later the King
Proclaims: "Folks, in ten days afar
Will happen the royal wedding – I'll take
Susannah to the altar."

And then all the town in bustle
Is preparing the gigantic event.
Young 'n old's looking forward to guzzle,
Sometimes the delight's too turbulent.

Yells and quarrels, fights and laughter,
Some broken dish to be found.
Hairy cows slaughtered, some women raped,
Sometimes the law doesn't count.

And meanwhile in the castle
Susannah surrenders to fate.
The only thing's "grin and bear it"
To hide the rising hate.

It seems as if King Hamish
Forgot what he had done.
Being in a good temper
He puts his clothing on.

Then he just wants Susannah
To have with him the lunch.
With a suspicious look at him
She watches Hamish munch.

The King winks at Susannah
Who so surprised does wince.
"Oh, Lord, what happened to this man?"
Is all Susannah thinks.

Susannah: What is it you're so happy about?

| Hamish: | For long you didn't make me shout |
| | And I'm enjoying this. |

Susannah:	Are you?
(and thinking)	I cannot believe it the former beast
	Has turned for a hundred eighty degrees.

And then again our King
Does something unexpected,
He silently starts crying,
Tears over years collected.

The water seems to flow and flow
Out of an opened lock.
Off of the King's stone-like heart falls
A heavy weighing rock.

The King who once was violent,
He cries like a baby now.
Should he be softened in the end?
Susannah's confused somehow.

King Hamish's continuously sobbing
With eyes so humid and red.
And onto Susannah's knees
He lays his massive head.

Hamish:	Susannah! Oh, my Susannah forgive
	The sins that I committed!
	I promise you that I will live
	Piously and well-mannered.

Never again I'll raise my hand
Against a living thing.
Hate and violence have an end,
I promise as the King.

I realized the mistakes
That I have made for long
It's time now for a break,
I'm sorry – I was wrong.

Emotion overcomes the lass,
She cannot hide her tears.
Both of them sit and time does pass,
Forgotten all her fears.

"Why did I always think of him
As if he was a madman?
Behind a mask that's really grim
He's vulnerable," thinks the hen.

"The future Susannah's ruin will be,"
Is what the elf once thought.
The future is what happens now,
By fate Susannah's caught.

The snare pulls tight and tighter
The more Susannah trusts
The King cause all he swore's
Already eaten by rust.

Under improvement's surface
King Hamish's still a tyrant.
It's only a question of time when
Old habits come up again.

Not yet Susannah foresees a thing,
Knows not what will happen soon.
Happily she strokes King Hamish's hair
As closer comes the noon.

*

And then the day of the wedding is near
Most of the guests are already here.
Excited Susannah puts on her dress
That nearly takes away one's breath.

The only one who did not come by
Is Shirley the elf – and we know why!
She doesn't want to be a witness
Of "Aye, I do" and the sealing kiss.

Led by the bridesmaids Susannah goes along
The alley made by the crowd among
Whom such guests as the Duchess of Wales
With husband to Susannah hails.

Proud and with dozens of gems in her hair
Susannah strides, no, like a fair-
y she seems to glide there to the throne
Where Hamish waits majestically as known.

Festive King Hamish off the throne does lift
Then he gives Susannah a little gift.
When she stands beside him – wondering,
Staring at the diamond ring.

The ring of such an enormous value,
So well polished and brand new,
Burns on her finger, makes her whine
Burns so much – oh, what a sign.

But there's no time to think a lot,
The gloomy thoughts disappear.
A wedding is a happy thing
And that is why we're here.

So further and further the party goes on
And everyone seems to have fun.
The castle and its place in front
Burst like a fat, stuffed Hun.

Out of the casks the wine does flow
And runs in large amounts.
The villages' population in rows
Wait for the moment to pounce.

To pounce on the buffet the King gives out
On the occasion of the royal wedding.
But before the big booze starts, the crowd
Is forced to do some dancing.

The tables aside and making some space,
The people prepare for the Ceilidh.
Everywhere and in every place
As if they do so daily.

The musicians around the guy Robert Fish
They play as fast as hell.
The kilts fly high, the old men wish
To find a younger belle.

And just beside the dance-floor
Susannah leans 'gainst the wall.
Around her distinguished women
Stand gazing through the hall.

The ladies gossip for ages
And cackle like hens in their house
About the stalking fox
Named Gordon MacMarouse.

And on and on they gossip
About hair-styles, fashion and men
As effectively slow the door opens
And warrior Euan comes in.

With open mouths the people
Stare at the lovely lad
Who has a striking face
And red hair on his head.

His name is Euan MacGregor,
Son of a neighbouring king,
Who walks along the floor
Towards the most beautiful thing.

All eyes on him he works his way
Through the huge crowd standing aside
With no attention for someone else
But for King Hamish's bride.

It's love that fills the warrior,
His heart goes very fast.
His hands get wet and start trembling
As closer comes the lass.

They deeply look into each other's eyes,
He takes her by the hand.
Their minds up in rose-coloured clouds
In front of all they stand.

And even shy Susannah
At once in love she falls.
Cupid's arrows whirr around
But then King Hamish calls.

So the musicians start to play,
The people start to dance.
Susannah seeks for a partner
And Euan sees his chance.

Together they dance wildly,
Their bodies full of heat,
While Hamish sits at the table
And wolfs down the meat.

And next to him the Duchess
Of Wales shows what she's got,
And as before Susannah and Euan
Now Hamish's getting hot.

With greedy, oily fingers
He touches the Welsh chest
And out of the expensive dress
Slips the Duchess' breast.

The partners change on the dance-floor
And so they do in life,
The King kisses the Duchess
Forgotten is his own wife.

And when Susannah's dancing
With Cameron she sees the King
Whose hands are under the table
As if he's hiding something.

The Duchess' eyes are rolling
Under the royal hands' treat.
King Hamish's horny as a buck,
His body's total greed.

The boy Susannah dances with
Has a strange gleaming sight.
His eyes are twinkling and shining
Like beautiful stars at night.

Susannah:	What is your name, my little friend? Where are you coming from?
Cameron:	Out of MacCallum's clan I am, The little Cameron.

I'm living right here next to you,
Far from my family.
For I want to be close to you,
Since years I've been loving thee.

Susannah:	You are a little late for that,
	My dearest lovely thing.
	Unfortunately we are
	Here dancing at my wedding.

Cameron:	They all might think, lady forgive,
	This here's your wedding day.
	But I see more than all of them,
	It is your ruin I say.

Susannah:	What is it that you're saying, boy?
	How come this is my ruin?
	I'm married to King Hamish now -
	Or do you think of Eu'n?

Cameron:	The little boy just lifts a brow,
	His eyes show pure disdain.
	He leaves her on the dance-floor,
	No traces of him remain.

Susannah feels uncomfortable,
The boy's words seem to work.
She thinks them over and over again,
But smiles then at the jerk.

So further and further the party goes on
And all are enjoying themselves.
They drink and dance and laugh and love,
In no time it's after twelve.

*

Weeks are gone into the land,
Since Susannah gave her hand
To Hamish the powerful Highland King
And he gave her the wedding ring.

Hamish is just like an animal
Who still doesn't care about the gal.
He married her to prove his might,
To him everything is a fight.

Fighting to him means just to win.
He always does – it makes him grin.
Malicious he is but sooner or later
He will lose all – knows the narrator.

And while King Hamish's so satisfied,
He doesn't look closely at his bride
Who's got a special shine in her eyes
And sometimes a blush on her face lies.

This so is when she thinks of him,
The only one who's never grim,
Who makes her smile and sort of shy,
Whenever he just passes by.

But he's a subject to Queen and King,
Is not allowed to show a thing
Like adoration for the wife
Of Hamish – man, don't risk your life!

Fortunately he's able not to show
How much his heart in love does glow.
He hopes Susannah feels so, too.
And so she does, she'll ever do.

For weeks this hide and seek they play,
But Euan has enough one day
Of being a servant of King Hamish –
To be free's what he does wish.

One early morning, the King is asleep,
Dreaming of wars and women and sheep,
Our Euan goes to the other's wife,
Finds her in bed – of course, it's five.

The King's room and the Queen's room are
On the same corridor
On opposite ends and out of earshot,
The King he used to snore.

When Euan gets to Susannah's room
He finds an unlocked door.
He slips inside, no need for light,
He can't wait anymore.

They take each other by the hand,
Their lips meet for a kiss,
A passionate and greedy one,
It's what they both did miss.

A little later Susannah sits
On her bed thinking 'bout secret love,
When Shirley our little elf appears
As help sent from above.

Susannah: Oh, dear I cannot tell you
                   How happy I am to see
                   You here because something wonderful
                   Has happened just to me.

                   The lovely lad from the day when
                   My marriage took place,
                   So far it's been a secret, but
                   Today he kissed my face.

Shirley: Oh, wonderful, my sweetest lass,
                   In the end you made a decision!
                   Take now his hand, escape from here!
                   Believe, I've had a vision.

The last chance fate is offering,
So use it, run away!
As far and as fast as the two of you can,
It's still the break of day.

Susannah: My little elf, how can I make
              You understand what I feel?
              An open love to a subject,
              This cannot be for real.

              I'm married to King Hamish now,
              Can't leave with the other man.
              Though he's the one I really love,
              I know I'm a stupid hen.

Shirley: So this is it, I did my best
              But failed twice giving you a chance!
              I'll go away, leave you right here,
              I'm fed up with your ignorance.

              I am so disappointed
              That all that I have done
              Remained unheard and unseen,
              You are the blindest one!

              But if you think you better do
              Without the help of a friend,
              Go on, destroy your love and life,
              For good I wave my hand.

              And gone she is.

              Susannah is a bit confused
              As to her room she does go.
              But when you listen closely
              You hear her say: "Better so."

Susannah:	How could I flee with Euan
	When Hamish wants to kill
	The two of us so merciless?
	The thought alone makes me ill.

And so the Highland Queen
And Euan the warrior still meet
In dark corners and secret places,
Each other they desperately need.

Day by day and night by night
Of each other they only think.
With every day their passion grows,
But the "ship" they're on's 'bout to sink.

And sooner than they guessed
Their secret love affair
Is threatening to come to light,
There's danger in the air.

That's why Susannah and Euan
Meet later in the night,
Together they want to flee from here,
The darkness helps to hide.

But as it often is in life,
Some things have no good end.
Susannah's sneeze comes out -
And there does Hamish stand.

He roars and foams with rage and
Brandishes his giant sword.
Euan protects his Susannah
And horribly gets caught.

The blood gushes out of where
There once was Euan's head.
Susannah's eyes wide open,
She sees her lover dead.

Hamish:

I warned you and not only once
I'll do so like I did!
Be ready now, ungrateful whore,
To get the final hit!

A shrill scream could be heard then,
Again the blood flows red.
The beauty's body sinks to ground,
Susannah's also dead.

This could have been the end you're right,
For Susannah to death is bleeding.
But remember this is a fairy tale
So calm down and keep reading.

The sword falls right next to Susannah
Into a puddle of blood so red.
It squirts in ev'ry direction and writes:
"Look what you've done, she's dead!"

King Hamish in horror stumbles
As he turns 'round in disgust.
He runs away, out of the scene,
It hasn't settled the dust.

And early the next morning
While most guests doubt it's real,
The bodies are carried away,
King Hamish tries to conceal.

He has them taken out of the castle,
Far from the town and the people.
No grave for the two, no lamentation,
No bell ringing from a steeple.

Back there in the castle King Hamish goes
To the witnesses of last night.
He threatens to kill them in case they bring
The truth of what happened to light.

So no one exactly knows what happened
For something else is said.
Susannah the whore and Euan,
Together they have fled.

And that is why King Hamish
Still is as loved as before
He is the poor one left,
Left by Susannah the whore.

The only one among the people
Who knows that something's wrong,
Is the boy Susannah danced once with,
The boy named Cameron.

Gifted as he is he seeks Susannah,
Finds in the hills the King's wife.
He takes her on his shoulders back home
To bring her back to life.

And as the powerful magician he is,
I grant a little one,
He makes Susannah alive again,
A few spells – and it's done.

But what is dead that should remain
As dead as a riverbed,
That dried up in the summertime,
Left stony and so sad.

And so it comes that what once was
A beautiful, nice lass,
Happens to be evil now
In almost all she does.

Susannah: What happened, oh, just where am I?

Cameron: You're safe here and it's no lie
                     What I'm telling you right now.
                     You've been dead – don't wonder how

                     You came back to life again
                     I am Cameron – Magician.

Susannah: Where is Euan, the love of my life?
                     Don't tell me of death, don't twist the knife!
                     That in case he's dead cuts out
                     The heart of mine, oh, say it loud,
                     That King Hamish didn't do
                     What I fear, oh, help me through!

Cameron: I am sorry, Susannah mine,
                     I can't prevent you from starting to whine!
                     But Euan, he got killed by the King
                     As you did – don't you remember a thing?

                     Things have changed and now you're here
                     By my side – must have no fear!
                     I have loved you all my life,
                     Come on, girl, become my wife!

Susannah: A magician is what you say to be?
(as if not listening) Prove it, come on, prove to me!
                     Bring back the one I love to life
                     Make happy this suffering wife!

Cameron:	But I'm not willing to do as demanded!
Susannah:	Why not? – Still I am the Highland Queen!
Cameron:	No, you are an immature teen! If you were Queen you'd be alive, Happy as King Hamish's wife! But you chose to run into your ruin And now I refuse to revive your Euan.

Says so our Cameron and turns away,
Leaves Susannah, lets her stay
Out there in the fields alone.
A fear crawls up into her bone.

Silence all around her now,
No one in sight, no man, no cow.
Just stones and more stones and dead grass,
Lost is how feels our crying lass.

Susannah:	Euan, oh, where is my love? I need help from up above! Bring back to me what I've just had Or I wish to be also dead.

What sense makes living here for me,
When not with Euan I can be?
If I'd just cared for Shirley's word,
These bad things wouldn't have occurred.

Not yet she's finished her lament
As someone's coming 'cross the land.
A man it is with hair so red –
Can this be him? Is he not dead?

And yes, it is for whom she cried,
Euan comes with a fast stride.
Susannah falls into his arms,
Immediately she feels his warmth.

Susannah: Oh, how much I have missed you, dear!
Let's quickly get away from here!
Maybe that magician is
Still around – give me a kiss!

And then let's leave this lonely place!
Hurry, at a faster pace!
I want to escape now from
This gruesome little Cameron!

Euan: What's wrong with him, he's not that bad.
He was the one who from the dead
Brought me here to you, my sweet dear,
There's nothing now you have to fear.

Susannah: I don't like him since it all started,
When at our wedding he just darted
A look at me as if he knew
All about I'm going through.

I'm afraid he's tracking me.
Come on, Euan, let us flee!
Far away, don't hesitate,
Hurry now, do not tempt fate.

And at this moment an explosion
Impedes Susannah to do a motion.
Euan her love again is gone
Instead of him stands Cameron.

The boy she was dancing with back then
Turns now into a very old man
Who used as a disguise the youth
For ugly and wrinkled is the truth.

Susannah once was a lovely girl
But now her feelings twist and whirl.
Humiliated and betrayed,
Her behaviour's going to go astray.

It is the man who starts to speak,
In the beginning his voice is weak,
For what to her he has to tell
Is actually impossible.

Cameron: I am a magician you see,
                     Since you were born I do know thee.
                     'cause to your father I was a friend
                     And made a vow right at his end.

                     When he was dying I promised the king
                     To look forever after his kin.
                     But over the times the feelings grew more,
                     Today it's you that I adore.

                     To hear my entreaty I ask you,
                     Susannah be mine, come on, please do!
                     I know your father would've said "yes"
                     From up above I feel a bless'.

Susannah: How dare you!?

                     You say to be a friend of my father?
                     I think instead of you as a rather
                     Disgusting and lying hypocrite
                     Who is not worth my love – not a bit.

Twice my love had been taken from me
First by King Hamish – your enemy!
And then by you – a horrible traitor,
Even worse than King Hamish whom I'll kill later.

So now it's you who's to die for that,
I'm killing you just like a rat.
Grab you and smash you on the floor
'cause no one's in my way – nevermore!

Right by his throat she grabs the man,
Starts squeezing reservedly but harder then.
Alarming, there's joy and a shimmer
In her eyes while they get thinner.

Yet thinner Cameron's lifeline is,
Death purses up for the last kiss.
The moment of his dying's near
And so he presses out in fear.

Cameron:

The instant that I will be dead
You'll feel the force of the impact
The spell I cast on you will have,
You'll have to haunt and I will laugh!

Will laugh from somewhere up above
At you for there's no longer love
And rest and peace within your life
As penalty – ungrateful wife!

You'll be a sculpture made of stone
During the day standing all alone,
Able to hear and smell and see all
That's happ'ning around you in the hall.

And in the nights again you'll live,
Fright is the only thing you'll give!
Ugly and mean is all you'll do,
Not very ladylike – you're better a statue!

And so from now on you are bound
To these unholy walls and ground
Where so much cruelty took place …

The last words die – forever untold,
Cut off by a dagger of solid gold.
Magician Cameron could not end,
He's dead now by Susannah's hand.

Silence is what follows all,
Susannah stares at the blood.
That mingles with the dirty soil,
Turns into a foul mud.

And still she stands there paralyzed
Not knowing what she's done,
As through a veil she sees the world,
All peace seems to be gone.

It's the beginning of the end
She's trembling to the bone.
No rest, no peace, no love no more
Susannah's all alone.

The fairy Shirley, remember her?
She told the lass before
That no one will be around this time
When fate knocks on the door.

Shirley and all of her friends couldn't help
To prevent her from the disaster
Which deeper Susannah sinks into
For now she goes back to her master.

An invisible power pulls back the lass
To the castle of Hamish the King
Frozen and without batting an eyelid
She goes to do the thing.

*

Weeks are gone into the land,
Since magician Cameron's end.
Susannah's returned to life as a fright
And now is what the castle fears at night.

She's behaving like a ghost - quite well
What in the beginning seems fun.
But after a little while she's bored,
Knows more has to be done.

More than just wandering around at night
And making terrible noise.
Scaring people requires more
Than letting them hear her voice.

King Hamish meanwhile used to have
So many girls and ladies.
He doesn't distinguish from rich or poor,
Just wants to make some babies.

And so it comes that boredom turns
Into pure, raging hate.
Susannah's sick of Hamish's doings,
Wants to disturb his date.

She finds them both on his big bed,
The maid sits on the King
Whose eyes are closed – he cannot see
The tragic happening.

Susannah pushes the sword into
The maid – immediately she's dead,
Dismembers her, there's so much blood,
Two halves fall off the bed.

King Hamish covered with the blood,
His eyes are open wide,
Sits petrified in horror now,
No chance for him to hide.

And then the sword falls down on him
Splits skull and torso in two.
The halves fall off the bed as well
As those of the maid did do.

Susannah right next to the bed
She stands holding the sword.
From head to toe is soiled with blood
All that she's sayin': "Oh, Lord!"

Susannah: Oh, Lord, my Lord, what have I done?
                 I used to live just like a nun!
                 And now I turned into a beast,
                 People by my hand deceased!

                 Even though it served them right,
                 Who am I that I decide
                 Who's gonna live and who's to die?
                 Oh, my Lord, how cruel was I?

                 It is too late to recognize
                 That wrong was what she's done.
                 Tears fill Susannah's greyish eyes,
                 Her will to live is gone.

And ever since that moment,
Our poor Susannah's crying,
For all alone she's left right now,
All that she wants is dying.

But still there's Cameron's hateful spell
That's lying on her chest.
At night she has to be alive,
Can't get no peace and rest.

The people from the castle
In fear they run away,
The news of a killing ghost
Makes no one want to stay.

Susannah is missing her friends so much,
But even the elves are afraid
To come here for they heard the news,
Until she's chastened they'll wait.

At day she stands there year after year
At night lamenting her fate.
No man, no animal, no elf, no ghost
Comes over to talk or debate.

*

Some centuries of solitude
She spends there in this ruin
The castle slowly turns into,
But she just thinks of Euan.

What happy times she had with him
Though it's been only some hours.
The dance, his eyes, his lips, his love
In cosy thoughts she showers.

And in the middle of these thoughts
A breath of wind she feels,
When our fairy Shirley appears
Her broken heart – it heals.

Susannah's tremendously happy
About seeing her old friend,
But Shirley is looking so sad
As she sits on Susannah's hand.

The fairy now is old and grey,
So many years did pass.
She comes to say: "Goodbye, my dear!
Goodbye, my lovely lass!"

Shirley:

Oh, if we knew before that you
Were chastened long ago,
We would have come to use the chance,
Together old we'd grow.

My time has come, I say goodbye,
This world I have to leave.
Us elves used to become much older
But people no longer believe.

They do not believe in our existence,
That's why we vanish to light.
Hazel and Zoë have already gone,
As stars they shine so bright.

Susannah entreats the fairy
To stay around with her,
For Shirley and her own mother,
The only friends they were.

Shirley:	I cannot do a thing about This all as much as I wanted. I'm only able to tone down the spell, So this ruin's a little less haunted.

Susannah she sits there crying,
Fighting within herself.
Should she say "yes" to the offer?
But then she asks the elf.

Susannah:	Don't waste your power – least of all for me, But use it to go thy way! Hazel and Zoë dinna let you down, But I did – so I've to pay.
Shirley:	I loved you like you were my sister, I loved you from the start. Forgotten is what happened once, The good times I keep in my heart.

So stop crying, for I do know
That we will meet again.
It's in a world so far away,
No longer whine my hen.

With all the power that remains
I take away the spell's strictness.
One day a Susannah with a pure heart
Will come and end this mess.

If she's the one she'll feel you're there,
For you she then will call.
Appear to her and see what comes
When love and light fill the hall.

Susannah:	Oh, Shirley, elf, my little sister,
	So many thanks to thee!
	I'm looking forward to this day
	When again all of you I'll see.

Shirley:	But now it's time, the end is near
	I find it hard to go.
	Oh, don't you whine, Susannah mine
	Goodbye, I loved you so.

Susannah's eyes are filled with tears
And so she doesn't see
How Shirley in light disappears
The brightest star she'll be.

An eternity later Susannah awakes
From the sleep that overcame her,
But Shirley's gone and now she bursts
Into tears worse than before.

And so she sits for ages,
Not noticing the world outside,
Where war and peace and kings alternate,
The decades come and go like the tide.

*

One night she hears a sound
Out there up in the sky.
Susannah is anxiously watching
As aeroplanes pass by.

But what in the beginning was frightening,
Turns into common sight.
When years later tourists fly over the Highlands,
Susannah makes out a light.

A light at the end of the tunnel
That her solitude once was like,
For she feels the end is coming,
Again the fate will strike.

The night before she was standing
At the window and there she sees
The break of the morning and so
To a statue again she's to freeze.

And now the sun is shining,
So far away the night.
Susannah's not able to move yet
As people come into sight.

Not far from the ruin there is
A girl parting from the group.
Alone she comes closer to the castle,
While the others are enjoying their soup.

The scent of the burning resinous wood
And of the soup as well
Penetrates Susannah's nose.
Oh, what a wonderful smell!

And then at the foot of the castle
A long-haired beauty does stand
Whose heart can be heard up to the roof,
A rose's trembling in her hand.

A warmth and love shines from her face
Now she comes into the hall.
This only can be predicted Susannah!
"Hello" you hear her call.

This is the girl she waited for
Since long ago Shirley died.
Finally this all will end!
Susannah's heart's full of light.

Then in the ruin steps can be heard
As Susannah comes up the stairs.
Again calling "Hello" and "Susannah"
She's taking the steps in pairs.

And as the door opens – oh, what a surprise,
The girl's eyes open wide,
Like twins they look, Susannah and the
Statue of the Highland King's bride.

Susannah:

Oh, dearest me, how come this is
Like I dreamed of it before?
A voice came in my sleep and said:
"See Scotland, find this door."

And as some friends of mine and I
Passed right here by this ruin,
I felt like having been before
Here with a guy named Euan.

And when I saw this door it was
As if I was pulled to be near,
For it's the same that I dreamed of,
I can't believe I'm here.

Even though you are a sculpture
And your body is made from stone,
I can hear underneath it all
Your heart's got a nervous tone.

Susannah:
*(trying to speak but
only able to think
the words)*

Oh, dearest me, the elf was right,
Your coming she foresaw!
From up above she spoke to you
And so helped me once more.

Cause I am bound to what you see,
This castle I can't leave.
You're here to release me from the spell,
So tell me: Do you believe?

Susannah:
(answering because
she can hear her
anyway)

Of course I do, I always did
Since I was a wee lass!
I loved the stories I was told,
But no one no longer does.

They don't believe in fairies,
Spells of the magician.
When people stopped to believe in those,
The tragedy began.

The elves and the midgets disappeared,
Since ages you've been alone.
My dream said: "Go and find this lass,
Be pure and send her home!"

So every little thing that has
A beginning must have an end,
So closer I come now, my dear,
And take you by the hand.

Your hand is cold but I can feel
That inside there is life!
You're still the lovely one you were
Before you became Hamish's wife.

The blood comes back to hand and cheeks,
The stone shell falls off you.
You're thawing – oh, it really works!
I am the one – I knew!

So I was meant to set you free
From the spell the magician had cast.
All suffer, pain and loneliness
Belong now to the past.

Susannah: I don't know how to say this, girl,
                    But thanks so much, my love!
                    For what you do to me I will
                    Guard you from up above.

                    And then the two Susannahs stand
                    Next to each other – quite near,
            When Susannah the girl takes Susannah's hand,
                    The Queen does in light disappear.

                    At first her face begins to shine,
                    The dress, the hands and the feet.
                    And all around our lovely Susannah
                    There's magical sparkles and heat.

                Susannah the girl who turned out to be
                    The saviour of Susannah the ancient,
                    For she is dazzled she closes the eyes,
                    Can't see what's leaving her hand.

                    Susannah, once a beautiful girl
                    And Queen then of the Highlands,
                    Is disintegrating into dust and light
                    And here the tragedy ends.

                    All of a sudden everything's calm
                    No light, no sparkle around.
                    Susannah the girl from far away
                    To believe it to ten she's to count.

                In silence she stands for a moment or two,
                    Meanwhile it shines the moon.
            An earth tremor makes her run out of the castle
                    Which now's even less than a ruin.

Only a few walls still exist
As a memorial to what took place,
What started hundreds of years ago
And ended in our days.

But maybe there will be better times
For magic or elves so shy.
Hopefully people remember one day
That there's more between earth and sky.

*

The kids sat silently next to their granny's armchair, still caught in the medieval world of kings and queens, warriors, fairies and magic. Their mother smiled at them for it rarely happened that all three of them were that quiet.
It was dark outside when the old lady ended her reading and shut the book.
"Who can this be so late in the evening?" she asked when someone knocked on the front door.
"Maybe it's Cameron who came back from the dead to turn you into a little mouse." The oldest boy looked at his little sister. She grimaced at him and answered: "And you'll be an even uglier frog when he's done with you!"
The other boy interrupted loudly and their mother wished back the silence there was when the grandmother was reading two minutes ago.
But before everything could turn into a deafening fight the reading room's door opened and the old lady came back in, followed by another old woman. Immediately the children quit quarrelling and stared at the woman who had a very, very long plait and a warm and loving face. Somehow she looked familiar to the children. If she wore a white dress – no, that was impossible!
The grandmother cleared her throat and said: "Kids, may I introduce you to my dear friend. Ages ago she followed a dream and came to this place. Since then we have known each other. Say "hello" to Susannah."

roßmutter! Großmutter! Bitte lies uns eine Geschichte vor!"
Drei kleine Kinder hüpften und sprangen um die gemütliche, alte weiß-
haarige Dame herum, als diese in das kleine Zimmerchen, ihre Cottage-
Bibliothek, eintrat. Eigentlich hatte sie den Tag mit einem guten Buch und einem
noch besseren Schluck Wein beschließen wollen – allein, ihre Enkel hatten sie
rund um die Uhr auf Trab gehalten. Sie liebte sie ja mehr als alles auf der Welt,
aber langsam wurde sie zu alt, um Cricket zu spielen, einem Fußball hinterher-
zujagen oder stundenlang Puppenhaare zu bürsten. Die Kinder verbrachten ihre
Ferien hier oben in den Highlands bei ihrer Großmutter, fern ihrer Heimatstadt
Edinburgh.

„Sieh an, wie süß sie doch sind", dachte die Alte. Die Kinder hatten Holz im Kamin
nachgelegt, eine einzelne Kerze verbreitete ihr spärliches Licht und die Wolldecke
lud sie ein, in ihrem bequemen Sessel Platz zu nehmen.

„Großmutter, setz dich und lies uns doch eine Geschichte vor", bat sie der älteste
Enkel.

„Sieh nur, wir haben alles vorbereitet", fügte der andere Junge hinzu.

Auf dem kleinen Tisch neben dem Sessel stand eine Dose mit Schokoladenplätzchen
und vier Tassen voll dampfender Milch waren darum drapiert worden. Nicht einmal
die Servietten fehlten.

„Komm schon, Omi. Wir wollen die Geschichte von dem Mädchen in den Highlands hören!" Aufgeregt zog die Kleine sie zu ihrem Platz.

„Schon gut, meine Lieben, schon gut." Sie lächelte über die drei. Der Große war
beinahe zehn, doch noch immer verrückt nach Märchen. Liebe durchflutete ihr
Herz. Sie setzte sich, das Mädchen legte die Decke auf ihre Beine und forderte
sie auf, diese zu heben, damit sie die Decke drum herum wickeln konnte. Die
Großmutter tat, wie ihr geheißen. Nun saß sie da, warm eingepackt – und unfähig,
sich auch nur einen Zentimeter zu bewegen. Sie lächelte wieder und öffnete das
alte Buch, welches die Kinder ausgesucht hatten. Gerade, als sie zu lesen beginnen
wollte, wurde die Tür geöffnet und eine jüngere Ausgabe der Großmutter kam
herein.

„Hier ist also meine Rasselbande! Ich dachte, ihr seid schon im Bett!"

„Mama, eine Geschichte bloß, ja?"

„Bitte, Mom, laß uns nur die eine Geschichte hören."

Die Großmutter lächelte ihrer Tochter zu und gab ihr zu verstehen, sie solle sich
einen Platz suchen und auch zuhören. Die Mutter setzte sich zwischen Berge von
Kissen und nippte an der heißen Milch. Erwartungsvolle Stille im Raum. Die alte

Dame sah zum Fenster hinaus und ihre Augen suchten im Abenddämmer nach der Ruine, einem Schloß auf einem kleinen Hügel unweit ihres Cottages. Dem Schloß, wo sich alles zugetragen hat.

*

Oh, lange noch vor heut'ger Zeit,
In einem fernen Teil dieser Welt,
So wild und rau und wunderschön,
So weit unterm Himmelszelt.

Als Menschen noch glaubten an Feen und Elfen,
An Sprüche vom zaubernden Mann,
Als blutige Kriege gefochten wurden,
Unsere Tragödie einst begann.

*

Noch in der eisigen Dämmerung,
Wenn Tau mit Dunst sich vereint,
Wenn Lerchen schwingen sich in luftige Höhn,
Lieblich' Susannah erscheint.

Barfüßig und der Kälte nicht gewahr,
Ist sie gekleidet in leichtes Gewand,
Welches so seidig ist und zart, als sei's
Gemacht von Engelshand.

Für eine kurze Zeit sie vergißt,
Die Lungen voll klarer Luft,
Was der zukünftige Gemahl ihr angetan,
Als König Hamish nach ihr ruft.

| Hamish: | Susannah! Wo ist das zeitige Vögelein, |
| | Des' Käfig nicht öffnete ich? |

Susannah:	Das Vöglein ist hier,
(und murmelnd)	Versucht zu fliehn,
	Sich deines wachsamen Aug's zu entziehn.

Hamish:	Nicht alle Wort' erreichten mich,
	Mein müdes Aug', es sieht dich nicht.
	Wohlan, wo ist mein künftig' Weib?
	Nicht länger im Verborg'nen bleib!

Susannah:	Hier ist, wonach du sehntest dich,
	Ich bitte drum zu schelten nicht
	Und mit Geduld nicht noch zu geizen!
	Ich eile schon,
(zu sich)	Will dich nicht reizen
	Noch mehr als ich bereits getan.
	Ich wünscht, ich wär' geflohn spontan,
	Fort und weit weg von König Hamish,
	Der nicht nur schlägt im Krieg um sich,
	Sondern auch mich.
	Huch, was sag ich da?
	Mund, sei still und bleib geschlossen,
	Daß kein Wort mehr macht mich verdrossen!
	Was war es, was mich Mutter mahnte,
	Bevor den Tod sie schon erahnte?
	Sie sagte mir: „Mein liebes Kind,
	Noch nicht mal, wenn ein Mann beginnt
	Zu brüllen wie ein wildes Tier,
	Ich fleh dich an, gelob es mir,
	Begehr nie auf – sei untertan!"
	Und nun ist's an mir, ich streng mich an,
	Zu beherzigen die deinen Worte,
	Oh, meine geliebte Mama.

Und plötzlich steht der Andre da.
Der König poltert hinab die Stufen,
Der Morgenmantel flattert, man hört ihn rufen.
Mit hastigen Schritten kommt er heran
Und brüllet die arme Susannah an.

Hamish: Wo bist du gewesen? Sag's mir, sprich!
Für zukünftige Königinnen ziemt sich's nicht,
Umher zu wandern so früh am Morgen.

Susannah: Aber ...

Hamish: Widersprich nicht den Worten deines Manns,
Du böse, kleine, dumme Gans!

Spricht so der König,
Nimmt sie bei der Hand,
Zerrt lieblich' Susannah in jenes Land,
Wo sonst nur friedlicher Schlaf hat sein Heim.
Doch nicht diesen Morgen, keiner hört sie schrein.
Und keiner sieht ihre Angst und Qual,
Als der König sich zu entkleiden ihr befahl.

Und doch war da jemand, der sah, was passierte.
Eine Fee grad auf der Fensterbank gastierte.
's ist Shirley, die winzige Elfe mit rotem Haar,
Die schönste im schottischen Lande gar,
Die nun ihre kleinen Fäuste ballt,
Nur schwerlich hat sie sich in der Gewalt,
Den König nicht zu töten.

Anstatt ihn zu töten – ja, sie kann es,
Bläst sie in die Augen dieses Mannes
'nen Staub voll ihrer Zauberkraft,
Die Lust er verliert – sie hat's geschafft -
Und er schläft ein.

Wenig später und mit Augen voll Tränen
Erwacht Susannah aus diesem Alptraum.

Susannah: Wer vollbrachte dies Wunder?
                    Wer rettete mich?

Shirley: Ich war's.

Susannah: Wer?

Shirley: Ich, hier auf dem Tisch,
                    Die kleine Elfe, Shirley genannt.
                    Ich sah, was passierte, vom Fensterrand.
                    So kam ich herein, wollt den Mistkerl angehn,
                    Unglücklicherweise kann ich Blut nicht sehn.
                    Sonst hätt' ich getötet dieses Schwein!

Susannah: Und doch rettetest du mich, denn er schlief ein.
                    Kleine Freundin, hab vielen Dank!
                    Komm rüber zu mir auf die Bank
                    Und sag, was ich nun schulde dir.

Shirley: Sei nicht dumm, nichts schuld'st du mir!
                    Wir sind Schwestern, oder nicht?
                    Bald hilfst du und heut' half ich.

                    Spricht die Elf' und fliegt behende
                    In Susannahs offne Hände.

Shirley: Liebste Susannah, höre nur,
                    Niemals tätige diesen Schwur!
                    Heirat' niemals diesen Mann!
                    Versprich es bitte mir, Susann!

Susannah:	Du scheinst mich zu kennen!
(sie schaut	Oh, was soll ich nur tun?
verwirrt drein)	So oft schon wollt' ich von ihm fliehn,
	Doch Hamish ließ mich nimmer ziehn.

Und erneut hebt Susannah an zu weinen,
Salzige Tränen, man möchte fast meinen,
Sie hört nicht mehr auf, doch Shirley, die Fee,
Streicht ihr das Haar, bald tut's nicht mehr weh
Und die Schöne beruhigt sich zusehends.

Shirley:	So kompliziert das alles hier,
	Mein Kopf gerät ins Wanken.
	Doch will ich sitzen, ruhn und finden
	Den einen brillanten Gedanken.

*

Wochen gingen hin ins Land,
Seit der Vorfall hier stattfand.
Der König erinnert sich an nichts,
An gar nichts, was geschehn.

Doch lieblich' Susannah nicht vergessen kann,
Welch' Weh der König ihr angetan.
So groß die seel'schen Wunden sind,
Die davontrug dieses arme Kind.

Hamish merkt nichts von all dem Leid,
Das Susannah muß ertragen.
An Ruhm glaubt er nur, an Ehre und Macht,
Die Schlacht will er siegreich schlagen.

Keinen Moment denkt er an die Maid,
Die eigentlich noch ein Kind.
Doch bald ist sie Highland-Königin,
Wenn sie erst verheiratet sind.

Und während der König noch kämpfet
Gegen Krieger und Männer mit Mut,
Susannah wie eine Sklavin sich fühlt,
Gefang' und nicht wirklich gut.

Nicht länger sie singt die heitren Lieder
Von Lachen und Lust und Liebe.
Verschleiert ihr Blick, ganz leis' ihre Stimm',
Der Himmel ist gar so trübe.

Nur in Gedanken betet sie,
Für Hilfe von denen, die sie geliebt.
Und wenn sie ihrer Mutter gedenkt,
Ein Strahlen sie hell umgibt.

So sehr sie ihre Mutter vermißt,
Es scheint, als reiße es Wunden.
Mit liebenden Augen sie sieht ihr Gesicht,
Aufs Engste sie waren verbunden.

Es begann, als Susannahs Vater,
Ein Mann von solcher Pracht,
Als König eines kleinen Reiches,
Er zog aus zu gewinnen die Schlacht.

Die Schlacht geführt von Andern,
Doch bald wär' er eh involviert.
Sein einst so friedliches Land,
Zu schützen es ihm gebührt.

Mutter und Tochter blieben zurück
Im Schlosse ganz allein,
Zu warten auf König, Gatten und Vater,
Auf daß er kehre heim.

Ohn' Unterlaß die Mutter erzählte
Geschichten ihrer Kleinen.
Auch die von einem Zauberer
Und was er verbirgt im Geheimen.

Der Zaubrer ein gar mächtiger ist,
Erfuhr Susannah so hold.
Nicht leicht verwundbar, doch kann er wohl
Sterben durch Klingen aus Gold.

Damals sie noch ein kleines Mädchen ist,
Frech und auf Antworten heiß.
Skeptisch fragt sie ihre Mutter,
Woher sie das alles weiß.

Mutter: Der Zaubrer, von dem ich rede hier,
Du kennst ihn kaum, meine Liebe.
Dein Vater und er sind engste Freunde,
Es ist wahr und keine Lüge.

In Schlacht und Krieg, da kämpften sie,
Der Zaubrer ward verwundet.
Dein Vater rettete ihn und Dank
Durchs Geheimnislüften er bekundet'.

Mutter und Tochter vermissen den Liebsten
Doch beklagen nicht ihr Geschick,
Als eines Tages aus einer Schlacht
Der König kehrt nicht zurück.

Ein König namens Hamish
Erschlug König, Vater und Ehemann.
Wollte fortnehmen das Mädchen und rief:
„Ich nehm', was ich kriegen kann!"

Liebe ist's nicht, was er empfindet
Für das Mädchen, das er will rauben.
Einzig Macht ist, was für ihn zählt.
Die Mutter kann es kaum glauben.

Seit der Sekund', als sie hörte vom Tod
Ihres Mannes, sie wollt' nicht mehr leben.
Sie wurde krank und kränker noch,
Tat sich ihrem Schicksal ergeben.

Viel zu früh schloss sie ihre Augen
Für immer und ewiglich.
Susannah küsst sie ein letztes Mal:
„Oh, Mutter, ich liebe Dich!"

Und so es kam, daß unsre Susannah
Gezwungen zu heiraten den fremden Mann.
Doch muß er noch schlagen eine Schlacht,
Bevor er die Drohung wahr machen kann.

Jetzt ganz allein in dem Schlosse,
Der König weit, weit fort,
Susannah denkt an die Vergangenheit,
Es ist solch ein düsterer Ort.

Just in diesem Moment Elfe Shirley erscheint,
Flattert flugs rauf und runtern.
Mit einem Lächeln sie versucht,
Susannah aufzumuntern.

Shirley: Darling, liebste Susannah, mein,
Sei nicht mehr traurig, hör auf zu wein'!
Kopf hoch, auf, geh vor die Tür,
Ich komme mit und red mit dir!

Susannah:	Doch Hamish, der König, läßt mich nicht raus!
	Als ich letztens ging, rastete er aus.
	Die Wachen nur Hamish gehorchen und dien',
	Immer wieder wünsch' ich von hier zu fliehn.
Shirley:	Umso mehr ist's Zeit zu verlassen den Ort,
	Beeil dich jetzt, komm mit mir fort.
	Wenn dies dein Will' ist zu gehn, geh jetzt,
	Denn diese Chance, es ist die letzt',
	Eine andere wird nicht kommen.
Susannah:	Woher weißt du all das,
	Kannst du denn sehn,
	Was einst wird sein,
	Was zukünftig wird geschehn?

Beleidigt die kleine Elfe ist, gar nicht froh,

Shirley:	Du glaubst nicht an uns, ist es nicht so?
	Glaubst nicht an die Gabe, die uns gegeben?!
Susannah:	Oh, doch! Oh, doch! Ich's wirklich tu,
	Ich meine nur, es ist, weil du
	So winzig klein bist, helfend ohn' Rast.
	Ich fürcht', es ist zu groß die Last
	Für deine Schultern, wenn auf ihnen weilen
	Die Sorgen, die ich würde teilen.
Shirley:	Unsinn, sag nicht so etwas! Gib Ruh!
	Ich halte doch noch viel mehr aus als du!

Und dann mit ihrer kleinen Hand sie winkt,
Sie diesem Zwist das Ende aufzwingt.
Die Frauen – erhitzt sehen sich an,
Susannah mit Worten will brechen den Bann,
Doch nichts, was noch gesagt werden muß.

*

Tage gingen hin ins Land,
Seit der reinigende Streit stattfand.
Shirley und Susannah ziehen umher,
Durch Wind und Sonne und Regen so sehr.

Die Elf' half ihr fliehen zur rechten Zeit,
Doch diese eine Frage bleibt:
Wird dunkel die Zukunft oder voll Licht,
Wird Hamish sie finden oder nicht?

Nach Tagesmüh', Rast im Unterholz,
Shirley ist erfüllt von so viel Stolz,
Als ein kleines Cottage Susannahs Auge erschaut,
Das vor Zeiten von der reizenden Elfe erbaut.

Susannah: 's ist solch ein schöner, hübscher Ort
Und eine Wärme strahlt von dort.
Ein Haus, erbaut von Händen so klein …

Shirley: … und der Hilf' von Freunden fein!
Hazel, Zoë, kommt, seht sie euch an,
Die menschliche Elfe hier namens Susann'!

Susannah: Hazel und Zoë, wer könnte das sein?

Shirley: Hab keine Bange, es sind auch Elflein.

Und dann, schwirrend mit schillernden Flügeln,
Die Elfen erscheinen, Hazel kann sich kaum zügeln,
Zu singen ein Lied vom Sieg der Frauen,
Von weiblichen Tugenden wie Vertrauen,
Bescheidenheit und Geduld und Zier.
Schon fangen sie an zu tanzen, die vier,
Und Zoë spielt dazu noch Flöte.

*

Von diesem Moment an Glückseligkeit
Ist, was Susannah fühlt.
Sie und die anderen genießen ihr Leben,
Die Sorgen wie fortgespült.

Sie werkeln ein wenig im Garten umher,
Doch meistens lachen und sing'.
Sie tanzen den wilden und schnellen Tanz,
Genannt der „Highland Fling".

Doch wie es oft so ist im Leben,
Das Schöne ist nicht für immer.
Mit schlechter Nachricht ein Schäfer
Namens Bernard steht plötzlich vorm Zimmer.

Bernard:	Hallo, guten Tag! Ist jemand hier drinnen?
	Ich hab interessante Nachricht zu bringen.
Susannah:	Ich bin Susannah, was ist dein Begehr'?
	Sag, welche Neuigkeit treibt dich hierher?
Bernard:	Seid Ihr Susannah, die zukünft'ge Braut,
	Die bald zur Königin soll getraut?
	Doch, oh, vergebt mir, wie blind muß ich sein,
(er verbeugt sich)	Sah doch mein Aug' nie einen schöneren Schein.
	Ihr müßt Susannah sein – die Gesuchte!
Susannah:	Die Gesuchte? Sag mir geschwinde,
	Ist groß die Gefahr, in der ich mich befinde?
Bernard:	Schlimm war's, Ihr beginget Flucht,
	Nun Hamishs Wut trifft Euch mit Wucht.
	Als er zurück kam aus der Schlacht,
	Nur noch an Rache er gedacht.

Kopflos und tiefrot er rannte umher,
Schrie in Rage und schrie noch mehr.
Rasend vor Haß er griff sein Schwert,
Ließ satteln sein gigantisch' Pferd.

Er schwor lautstark, daß, wenn er Euch finde,
Er würde, ausgedrückt gelinde,
Euch, doch nicht nur Euch, sondern alle,
Die halfen zu fliehn Euch aus der Halle,
Zerquetschen wie Fliegen.

Susannah: Um Himmels Willen, habt ihr vernommen,
Mit welcher Nachricht der Schäfer gekommen?

Shirley: Bewahre die Ruhe, mein Sonnenschein!

Hazel: Du wirst wie die Nadel im Heuhaufen sein!

Zoë: Wir verstecken dich hier, und käm er schon morgen ...

alle Elfen: Niemals er kriegt dich – dafür werden wir sorgen!

Susannah: Eure Fürsorg' läßt mein Herz erwarmen,
Doch versteht nur, der König kennt kein Erbarmen.
Nicht mal ihr werdet helfen können ...

Bernard: Wenn Ihr braucht Hilfe, sagt es mir,
Ich möcht' mich nützlich machen hier!

Susannah: Oh, vielen Dank, Hüter der Schafe,
Doch immer noch bin ich ein Sklave
Meines Versprechens zu heiraten – auch wenn's verkehrt.
Und obwohl es gar schmerzet wie ein Schwert,
Das schneidet tief hinein ins Herz,
's brach damals entzwei vor lauter Schmerz.

Shirley: Du weißt, du mußt nicht zurück zu ihm ...

Dann über Zukünftiges sie munkeln,
Als schwarze Wolken die Sonne verdunkeln.
Vom nahenden Unheil künden Wolkengeister,
Denn auf dem Weg zu ihr ist Susannahs Meister.

Susannah:

Glaubt mir, ich geh besser zu Hamish zurück,
Er wird mich schon nicht erschlagen oder hacken in Stück'.
Und bevor wir all' drunter leiden,
Werde ich gehn.

Shirley:

Du bist nicht so reif,
Wie ich von dir gedacht!
Doch mußt du selbst wissen,
Was du machst.

Bernard:

Ich geh mit Euch, zu sein Euer Protektor.
Kommt auf, meine Hunde, Archibald und Hektor!
Nicht habt ein Aug' auf die Herde nur,
Auch auf das Mädchen, rund um die Uhr,
Daß nichts Böses ihr widerfährt!

Sitzend im stillen, warmen Haus,
Während die Stürme toben drauß',
Sie alle denken an der Geschichte Ende
Und fallen drüber dem Schlaf in die Hände.

*

Doch in der trüben Dämmerung,
Wenn Tau und Dunst alles feucht machen,
Wenn Lerchen schwingen sich in luftige Höhen,
Alle im Cottage erwachen.

Die Stürme erstarben, doch hinterließen sie gar
Eiskalte Luft, die macht den Atem sichtbar
Von Susannah und den Anderen draußen vor der Tür,
Wo zum Abschied die Elfen winken ihr.

Und als Susannah und der Schäfer gehn,
Aus Shirleys Augen fließen die Trän',
Denn sie sieht, was wird geschehen dann.
Sie weiß, nichts dagegen getan werden kann.

Die Zukunft wird werden Susannahs Ruin,
Denn wieder wird sie versuchen zu fliehn.
Doch niemand wird da sein in dem Augenblick,
Wenn des Schicksals Hand bricht ihr das Genick.

*

Wochen gingen hin ins Land,
Seit Susannah hob die Hand
Zum Abschied und seit: „Mach es gut!"
„Halt aus, was immer Hamish tut!"

Und sie hält aus, obwohl fast tot.
Als Hamish, der nur noch siehet rot,
Der Schönheit Kopf knallt an die Wand,
Daß Blut den Weg zu Boden fand.

Er packt all seinen Zorn so pur
In seine Schläge, die Maid kann nur
Die Händ' schützend halten vors Gesicht,
Er schlägt wie blind, viel nützt's ihr nicht.

Er läßt sie liegen in ihrem Blut,
Verläßt den Raum und schmeißt vor Wut
Die Tür, als aus dem Schatten tritt,
Shirley, sie bekam alles mit.

Die Elfe blieb an Susannahs Seit',
Versteckte sich die ganze Zeit.
Sie konnte nicht helfen, oh, verflucht,
Doch Hilf' ist's, wonach sie jetzt sucht.

Durch alle Flure sie fliegt geschwind
Nach jemand', der helfen wird dem armen Kind.
Ein Diener mit den Regeln des Königs brach,
Geleitet Susannah zu ihrem Gemach.

*

Die äußern Wunden sind verheilt,
Doch es bleiben die in der Seel'.
Susannah hat irgendwie überlebt,
Wie ein Kloß sitzt's ihr in der Kehl'.

Und nur ein' Monat später der König verkündet:
„In zehn Tagen schon, fürwahr,
Wird sein die königliche Vermählung,
Ich führ Susannah hin zum Altar."

Die ganze Stadt ist in Aufruhr,
Bereitet das große Fest.
Alt und Jung begierig zu feiern und manchmal,
Die Vorfreud' die Stimmung kippen läßt.

Rufe und Schimpfen, Kampf und Gelächter,
Der Anspannung wird Luft verschafft.
Vieh wird geschlachtet, Gewalt allenthalben,
Als ob jeglich' Gesetz außer Kraft.

Währenddessen oben in der Burg
Susannah ergibt sich ihr'm Schicksal.
Einzig noch „Augen zu und durch",
Der Haß wird ihr zur Qual.

Es scheint, als ob König Hamish
Vergessen, was er getan.
Gut gelaunt und pfeifend
Tritt er an die Tafel heran.

Dann möchte er mit Susannah
Speisen zur Stunde, der blauen.
Mit argwöhnschem Blick sie sieht ihn an
Und beobachtet ihn beim Kauen.

Der König winkt Susannah,
Die überrascht die Augen senkt.
„Oh, Herr, was geschah mit diesem Mann?",
Ist alles, woran sie denkt.

Susannah: Was ist's, daß Ihr so glücklich seid?

Hamish: Nun, lange schon hatten wir keinen Streit.
                  Und ich genieße das.

Susannah: Wirklich?
(denkend)   Ich kann nicht glauben, das frühere Schwein,
                  Soll jetzt auf einmal höflich sein?

Dann tut unser König erneut etwas,
Was keiner vorher konnt sehn.
Leise beginnt er zu schluchzen,
Es fließen auch noch Trän'!

Das Wasser scheint zu laufen
Aus einer Quelle so fein.
Von des Königs kaltem Herzen
Fällt ab ein schwerer Stein.

Der König, der einst gewalttätig,
Er wie ein Baby tut weinen.
Sollt er gar weich geworden sein?
Susannah kann's sich nicht erreimen.

König Hamish schluchzt immer weiter,
Daß es einem den Atem raubt.
Und auf Susannahs Knie
Er legt sein massiges Haupt.

Hamish: Susannah, meine Susannah vergib
Die Sünden, die ich begangen!
Von nun an, ich schwör, du wirst nie mehr
Um Gesundheit und Leben dich bangen!

Nie mehr erheb ich meine Hand
Gegen lebende Kreaturen.
Haß und Gewalt ein Ende haben,
Und auch die Sach' mit den Huren.

Ich hab erkannt die Fehler,
Die ich machte die ganze Zeit.
Doch nun ich werd mich ändern,
Es tut mir wirklich leid!

Gefühle überkommen unsre Maid,
Die Trän' bleiben nicht verborgen.
So sitzen sie, die Zeit vergeht.
Vergessen alle Sorgen.

„Warum dachte ich nur immer schlecht
Von diesem Manne hier?
Hinter der grimmigen Maske er ist
Doch nicht der wütende Stier."

„Die Zukunft Susannahs Ruin wird sein"
Ist, was die Elf' einst gedacht.
Die Zukunft ist, was nun passiert,
Das Schicksal sie fies anlacht.

Die Schling' sich immer enger zieht,
Umso mehr Susannah vertraut
Dem König, denn all', was er schwor,
Auf losem Sande gebaut.

Unter dem Anschein sich zu verbessern,
Besiegelt er Susannahs Geschick.
Es ist nur eine Frage der Zeit,
Bis sein altes Ich kehrt zurück.

Noch ahnt Susannah nichts von dem,
Was in Bälde wird passieren.
Glücklich sie streichelt Hamishs Haupt,
Tut sich darin verlieren.

*

Und dann der Tag der Hochzeit ist nah,
Die meisten Gäste sind schon da.
Aufgeregt Susannah legt an ihr Kleid,
Das alle läßt erblassen vor Neid.

Die Einzge, die nicht kommt vorbei,
Ist Shirley, die Elfe, und zwar, weil
Sie nicht Zeuge sein will, wenn sie's nicht muß,
Von „Ja, ich will" und besiegelndem Kuß.

Mit den Brautjungfern Susannah schreitet entlang,
Grad durch die Menge, die bildet den Gang.
Die Herzogin von Wales ist erschienen mit Mann
Und jubelt ihr zu, so falsch sie nur kann.

Stolz und mit Edelsteinen ins Haar gewebt,
Susannah schreitet, nein, sie schwebt
Wie eine Elfe hin zum Thron,
Wo König Hamish wartet schon.

Es erhebt sich dieser von majestätischem Gebänk
Und reicht Susannah ein kleines Geschenk.
Sie wundert sich erst über dies' kleine Dings,
Erstarrt dann beim Anblick des Diamantenrings.

Der Ring von solch enormem Wert,
Sofort er wird von allen begehrt,
Brennt an ihrem Finger – läßt sie in Tränen aufweichen,
Brennt gar so schmerzhaft – oh, was für ein Zeichen.

Doch nicht viel Zeit bleibt nachzudenken,
Die grauen Wolken verschwinden.
Eine Hochzeit ist ein fröhliches Fest,
Und genau deshalb sind wir hier zu finden.

So weiter und weiter geht die Feier
Und jeder scheint Spaß zu haben.
Das Schloß und sein ganzer Platz davor
Brummen wie hunderte Bienenwaben.

Aus großen Fässern fließt der Wein
Und fließt in riesigen Mengen.
Die Bewohner der Stadt stehn Schlange,
Sie schubsen und sie drängen.

Jeder von ihnen will laben sich
An des Königs Hochzeitsessen.
Doch bevor es soweit ist, solln sie
Bei einem Tanze sich messen.

Die Tische zur Seit' und Platz gemacht,
Die Leut' rufen laut und lachen.
Überall emsige Vorbereitung,
Als ob sie's immer so machen.

Die Musiker um Robert Fish,
Sie spielen zum Ceilidh auf.
Die Kilts fliegen hoch, die Mädchen juchzen,
Hier gibt es Spaß zu Hauf!

Und neben der tanzenden Menge
Susannah lehnt an der Wand.
Um sie hochnäsige Weiber
Mit giftigen Sprüchen zur Hand.

Sie lästern, tratschen und gackern
Wie Hühner in ihrem Haus,
Über den erbschleichenden Schönlings-Fuchs
Namens Gordon MacMarouse.

Sie klatschen über Männer
Und Mode und den schönen Schein.
Als effektvoll die Tür sich öffnet
Und Krieger Euan tritt ein.

Mit offenen Mündern die Leute
Stehn da und starren ihn an.
Mit rotem Haar und tollem Gesicht
Ist er ein schöner Mann.

Sein Name ist Euan MacGregor,
Einer der Nachbarkönigssöhn'.
Der nun den Gang abschreitet,
Grad zu auf Susannah, der Schön'.

Alle Augen auf ihn gerichtet,
Keiner zu reden sich traut.
Niemandem er Beachtung schenkt,
Nur König Hamishs Braut.

Es Liebe ist, was der Krieger fühlt,
Sein Herz, das stoppt beinah.
Seine Hände sind feucht und zittern,
Als er näher kommt Susannah.

Sie tief sich in die Augen sehn,
Er nimmt sie an der Hand.
Die Köpf' in rosa Wolken,
Die Anderen warten gespannt.

Und sogar uns' schüchtern Susannah,
Verliebt auf den ersten Blick.
Amors Pfeile schwirren umher,
Doch Hamish ruft nach Musik.

So fangen die Musiker an zu spielen,
Die Gäste beginnen den Tanz.
Susannah sucht nach 'nem Partner
Und Euan sieht seine Chance.

So tanzen sie erhitzt und wild,
Ihre Temperatur kann man nicht messen,
Während Hamish an der Tafel
Sitzt und verschlingt sein Essen.

Und neben ihm die Herzogin
Von Wales gibt ihre Reize preis.
Und wie schon Susannah und Euan,
Wird Hamish nun ganz heiß.

Mit gierig', öligen Fingern
Grabscht er nach ihr mit Lust,
Und aus dem teuren Kleid heraus
Rutscht eine herzöglich Brust.

Auf der Tanzfläche wechseln die Partner
Und so auch im wahren Leben.
Der König küßt die Herzogin,
Vergessen seine Braut mal eben.

Und als Susannah gerade tanzt
Mit Cameron sie sieht ihren Mann,
Des' Händ' unterm Tisch verschwinden,
Sie es kaum glauben kann.

Der Herzogin Augen rollen,
Das Fummeln, das gefällt ihr.
König Hamish ist geil wie ein Bock,
Sein Körper die totale Gier.

Der Junge, mit dem Susannah tanzt,
Strahlt aus eine besondere Macht.
Seine Augen glitzern und funkeln
Wie die schönsten Sterne bei Nacht.

Susannah:	Wie ist dein Name, mein kleiner Freund,
	Sag, woher tust du komm'?
Cameron:	Aus dem MacCallum – Clan stamm ich,
	Der kleine Cameron.
	Ich wohn nicht weit entfernt von Euch,
	Doch weit von meinem Clan.
	Denn ich möcht Euch ganz nahe sein,
	Ich lieb Euch schon seit Jahrn!
Susannah:	Dafür kommst du ein bißchen spät,
	Mein kleiner, süßer Freier.
	Unglücklicherweise sind wir hier
	Auf meiner Hochzeitsfeier.
Cameron:	Sie all hier denken, vergebt mir,
	Daß dies Euer Hochzeit ist.
(senkt seine Stimme)	Doch ich seh mehr, dies Dein Ruin
	Und Du verloren bist.
Susannah:	Was redest du da, kleiner Jung,
	Warum dies der Ruin mein?
	Mit Hamish ich bin verheiratet nun,
	Oder denkst, es sollt anders sein?

Der Junge zieht hoch eine Braue,
Seine Augen zeigen Verachtung pur.
Er läßt sie mitten im Ballsaal stehn,
Dann fehlt von ihm jede Spur.

Susannah fühlt sich unwohl nun,
Die Worte des Jungen im Ohr.
Sie denkt und grübelt drüber nach,
Belächelt dann den Tor.

Weiter geht die Hochzeitsfeier
Und jeder hat Spaß für zwei.
Sie trinken, tanzen, lachen und lieben
Und schon ist's weit nach drei.

*

Wochen gingen hin ins Land,
Seit Susannah gab ihre Hand
Dem König Hamish, welcher dann,
Ihr steckte den teuren Ehering an.

Mittlerweil' Hamish ist wieder wie ein Tier.
Er sich nur interessiert dafür
Zu zeigen, er hat über Susannah Macht
Und alles wird für ihn zur Schlacht.

Kämpfen bedeutet für ihn gewinnen.
Das tut er auch, 's gibt kein Entrinnen.
Bösartig ist er und das ist sein Fehler,
Er wird alles verlieren – weiß der Erzähler.

Der König so selbstzufrieden schaut,
Achtet nicht wirklich auf seine Braut,
In deren Augen sich Feuer mischt
Und manchmal auch Röte ins Gesicht.

Dies dann passiert, wenn sie denkt an ihn,
Den Einzgen, der sie nie angeschrien,
Der sie läßt lächeln ein bißchen scheu,
Wenn er nur läuft an ihr vorbei.

Doch er ist ein Untertan vom Königspaar,
Ihm nicht gestattet zu fühlen gar
Etwas wie Anbetung für des Königs Weib.
Oh, Mann, riskier' nicht Leben und Leib!

Euan sich nach Kräften bemüht
Zu verbergen, wie sehr sein Herze glüht
Aus Lieb' zu Susannah, er wünscht sich sehr,
Daß sie genauso fühlet wie er.

Über Wochen die beiden spielen Versteck,
Doch eines Tages Euan will weg.
Raus aus der Rolle des ewigen Zweiten.
Mit Susannah er fliehn will in die Highland-Weiten.

Ein's zeitigen Morgens, der König im Tiefschlaf,
Träumend von Kriegen, von Frau'n und 'nem Schaf,
Euan zu des Königs Weib geht,
Sie liegt im Bett – die Uhr auf fünf steht.

Die königlichen Schlafgemächer
Sind auf dem selben Flur
Am jeweils andern End', denn der König
Schnarcht, welch' eine Tortur.

Als Euan kommt hin zu Susannah,
Er findet ein unverschlossenes Zimmer.
Er schlüpft hinein, er braucht kein Licht,
Er kann's erwarten nimmer.

Sie beide nehmen sich bei Händen,
Ihre Lippen treffen sich zum Kuß.
Ein leidenschaftlich gieriger,
Es folgt, was folgen muß.

Ein wenig später sitzt Susannah
Über Liebe sinnierend am Boden,
Als Shirley, die kleine Elfe, erscheint,
Als Hilfe gesandt von oben.

Susannah: Oh, Elflein, ich kann dir nicht sagen,
            Wie froh ich bin dich zu sehn,
            Denn etwas Wundervolles
            Ist eben grad geschehn!

            Ein hübscher Kerl auf meiner Hochzeit war,
            Ich von ihm reden muß.
            Bisher war's ein Geheimnis,
            Doch heut' gab er mir 'nen Kuß.

Shirley: Oh, toll, wie schön, mein süßes Ding,
            Für mein Zusprechen ich bekomm den Lohn!
            Nimm seine Hand und flieh von hier,
            Glaub mir, ich hatt' 'ne Vision.

            Die letzte Chance das Schicksal dir gibt!
            So nutz sie, eil von dann',
            So weit und so schnell ihr beide könnt,
            Der Tag fängt grad erst an.

Susannah: Mein kleines Elflein, wie kann ich nur
            Dich verstehn machen, was ich fühl?
            Eine Liebschaft mit einem Diener,
            Das geht nicht, das ist zuviel!

            Mit Hamish ich verheiratet bin,
            Kann doch nicht fliehn mit 'nem anderen Mann.
            Obwohl dieser meine wahre Liebe ist,
            Ich es einfach nicht tun kann.

Shirley:

Das war's, ich tat mein Bestes hier.
Gab dir Chancen, doch schlug fehl.
Ich werd nun gehn, laß dich einfach stehn.
Hab die Nase voll – draus mach ich kein' Hehl.

Ich bin im höchsten Maß enttäuscht,
Daß alles, was ich getan,
Blieb ungehört oder schlimmer noch,
Kam gar nicht erst bei dir an!

Doch wenn du denkst, daß du kommst besser
Ohne die Hilf' einer Freundin zurand'.
Na los, nur zu, zerstör dich nur!
Zum Abschied ich heb die Hand.

Und fort ist sie.

Ein wenig verwirrt Susannah ist.
„Warum verschwind'st du?", wird sie leis' fragen.
Doch wenn man ganz genau hinhört,
Man hört sie „besser so" sagen.

Susannah:

Wie könnte ich mit Euan fliehen,
Wenn Hamish mit seiner Prank'
Uns beide würd' töten bestialischerweis'?
Der Gedanke macht mich schon krank.

Und so Susannah trifft heimlich
Euan mit Gefühlen so hehr,
In dunklen Ecken und Verstecken,
Einander sie brauchen so sehr.

Tag für Tag und Nacht für Nacht
Aneinander die beiden denken.
Mit jedem Treffen die Leidenschaft wächst,
Doch das Schicksal wird ihnen nichts schenken.

Ihre geheime Liebesaffäre,
Noch eher, als sie ohnehin gedacht,
Droht ans Tageslicht zu kommen,
Das Unheil naht mit Macht.

Deshalb treffen Susannah und Euan
Sich in einer düsteren Ecken.
Zusammen wollen sie von hier fliehn,
Das Dunkel hilft beim Verstecken.

Doch wie es oftmals ist im Leben,
Manch Geschichte hat kein gutes End'.
Susannah muß plötzlich niesen
Und schon König Hamish herbeirennt.

Er brüllt und schäumt vor Wut und
Schwingt sein gigantisches Schwert.
Euan beschützt Susannah,
Ein schlimmer Schnitt ihm widerfährt.

Das Blut spritzt aus der Stelle,
Wo einst Euans Kopf saß.
Susannah reißt ihre Augen auf,
Erkennt das schreckliche Ausmaß.

Hamish: Ich warnte dich, und nicht nur einmal,
Ich tu, was ich schwor dir!
Empfang, du undankbare Hure, nun
Den finalen Schlag von mir!

Ein schriller Schrei ertönt,
Erneut fließt Blut so rot.
Susannah sinkt zu Boden hin,
Auch sie nun mausetot.

Dies könnt das End' der Geschichte sein,
Die Blutlache unter Susannah wird breiter.
Doch denk dran, dies ein Märchen ist,
Beruhig dich und lies weiter.

Das Schwert fällt hin neben Susannah,
Das Blut so grausig rot,
Es spritzt in alle Richtungen und schreibt:
„Sieh, was du getan, sie ist tot!"

König Hamish stolpert entsetzt,
Als er sich würgend umdreht.
Er rennt hinweg, fort von der Szene,
Der Morgenmantel weht.

Und zeitig am nächsten Morgen,
„Ist's wahr?" fragende Diener leis' huschen.
Die Leichen bereits weggeschafft,
König Hamish versucht zu vertuschen.

Er läßt sie zu einem Orte bringen,
Fernab vom Schloß und den Leuten.
Kein Grab für die zwei, kein Klagelied
Und auch kein Glockenläuten.

Im Schlosse selbst der König geht hin
Zu den Zeugen der vergangenen Nacht.
Er droht sie zu töten so denn,
Die Wahrheit ans Licht gebracht.

Deshalb weiß niemand, was passierte,
Denn Lügen man verbreite.
Susannah, die Hure, und Euan,
Zusammen sie suchten das Weite.

So kam's, daß König Hamish ist
Noch immer so beliebt wie zuvor.
Er ist der arme Betrogene,
Der seine Braut verlor.

Der Einzige unter den Leuten,
Der weiß, daß etwas nicht stimmt,
Ist der, mit dem Susannah tanzte,
Das Cameron genannte Kind.

Begabt, wie er ist, sucht er Susannah,
Findet sie in den Hügeln und tot.
Nimmt sie auf den Schultern mit nach Haus,
Will alles bringen ins Lot.

Und da er ein junger Zauberer ist,
Ein wahrlich kleiner dazu,
Erweckt er Susannah wieder zum Leben.
Ein Spruch – und es ist getan im Nu.

Doch was tot ist, das sollte auch
Tot bleiben wie ein Stein,
Der einsam auf einer Wiese liegt,
Schweigsam und niemandes Pein.

Doch so es kommt, daß, was einst war,
Ein schönes, nettes Kind,
Nun ganz und gar nicht reizend ist,
In fast allem, was sie beginnt.

Susannah:	Wo bin ich nur, was ist los hier?
Cameron:	Du bist sicher und glaub mir, Was ich dir jetzt erzählen werde. Du warst tot, lagst auf der Erde, Doch ich holt dich zurück ins Leben. Ich bin Cameron – Zaubrer eben.
Susannah:	Wo ist Euan, meines Lebens Liebe? Sag nichts vom Tod, dann lieber lüge, Falls er tot – doch, sprich es aus, Reiß mir mein gebrochnes Herz heraus. Was bräucht ich's noch, wenn er nicht hier? Wenn Euan nicht ist hier bei mir?

Cameron:	Es tut mir leid, Susannah mein,
	Kann's nicht verhindern, daß du wirst wein'.
	Doch Euan von Hamishs Schwert wurd' erwischt,
	Genau wie du, erinnerst dich nicht?
	So viel sich verändert, jetzt bist du hier,
	An meiner Seite, danke mir!
	Ich lieb dich schon mein ganzes Leben,
	Komm, tu mir das Ja-Wort geben!
Susannah:	Ein Zauberer, der willst du sein?
(als hörte	Beweis es, oder ist alles nur Schein?
sie nicht	Bring ins Leben zurück den einen Mann,
zu)	Mach wieder glücklich mich, Susann'!
Cameron:	Ich will aber nicht so, wie du befiehlst!
Susannah:	Warum nicht? Die Königin bin ich noch immer!
Cameron:	Nein, du bist ein kindisches Frauenzimmer!
	Wärst du die Königin, du würdest leben,
	Mit Hamish dem Reich 'nen Thronfolger geben.
	Doch du ranntest ja in dein Verderben
	Und ich weigere mich zu kitten die Scherben.

Spricht so Cameron und dreht sich um,
Läßt Susannah stehn wie dumm,
Dort draußen zwischen Berg und Loch.
Angst kriecht ihr hinauf in alle Knoch'.

Stille um sie, kaum ein Wind.
Niemand in Sicht, noch Mensch, noch Rind.
Nur Stein, totes Gras und noch mehr Stein,
Susannah sich fühlt unendlich allein.

Susannah:	Euan, sag, wo bist du bloß?
	Ich brauch Hilfe und auch Trost!
	Von dir, oh, du Geliebter mein,
	Wenn nicht, wollt' lieber tot ich sein!

Welch' Sinn macht Leben für mich – kein'!
Wenn ohne Euan ich muß sein.
Hätt' ich auf Shirley nur gehört,
Mein Leben wäre nicht zerstört.

Ihre Klage noch nicht richtig zu Ende,
Sieht sie jemanden kommen durchs Gelände.
Ein Mann mit Haaren, ach, so rot.
Sollt' er es sein? Ist er nicht tot?

Doch, ja! Er ist's, um den sie geweint,
Euan leibhaftig vor ihr erscheint.
Susannah fällt ihm in den Arm,
Und sofort fühlt sie sich behaglich warm.

Susannah: Oh, wie hab' ich dich vermißt!
Wie gern ich würde jetzt geküßt!
Laß uns nur schnell von hier verschwinden,
Vielleicht kommt der Zauberer uns doch zu finden?!

Beeil dich, komm, nur weit, weit weg!
Laß suchen uns ein hübsches Versteck!
Ich möchte schnellstens fliehen von
Dem bösen, kleinen Cameron.

Euan: Was ist mit ihm, er ist nicht bös'.
Er war doch der, der mich erlöst
Vom Tod und bracht' mich zu dir her.
Da gibt es nichts zu fürchten mehr.

Susannah:	Ich mochte ihn nicht von Anfang an,
	Seit auf der Hochzeit er sprach mich an
	Und sah mich an mit diesem Blick,
	Als wüßt' er all's über mein Geschick.

Ich fürcht', daß er uns nach wird gehn!
Euan, komm, bleib doch nicht stehn!
Wir haben keine andre Wahl,
Forder nicht wieder raus das Schicksal!

In diesem Moment ein lauter Knall
Bringt Susannah vor Schreck ganz einfach zu Fall.
Euan, ihre Liebe, erneut ist fort.
Anstelle seiner steht Cameron dort.

Der Junge, den sie zu fürchten begann,
Wird nun zu einem uralten Mann,
Der die Jugend benutzte als Verkleid',
Denn häßlich und runzlig ist die Wahrheit.

Susannah, ja einst ein liebes Kind,
Doch jetzt ihre Gefühle durcheinander sind.
Mißbraucht und verraten sie sich fühlt,
Ihr Verhalten nun wirklich unterkühlt.

Es ist der Mann, der zuerst spricht
Und anfangs seine Stimme bricht.
Denn, was er dem Mädchen jetzt will sagen,
Liegt ihm schon ewig schwer im Magen.

Cameron:	Du weißt, ein Zauberer bin ich.
	Seit du geborn, ich kenne dich.
	Denn deinem Vater war ich Freund,
	Uns hatt' im Leben viel vereint.

Und als er starb, versprach ich dem König,
Ein Aug' zu haben auf dich ein wenig.
Doch die Gefühle zu dir wuchsen dann,
Und heute bete ich dich an.

Erhör mein Flehn, ich bitte dich,
Susannah, sei mein auf ewiglich!
Ich weiß, dein Vater hätt' nichts dagegen,
Von oben er gibt uns seinen Segen.

Susannah: Wie kannst du es wagen!

Behauptest, ein Freund meines Vaters zu sein,
Doch ich behaupt', du bist ein Schein-
Heiliger, Lügner und Widerling,
Der nicht verdient mich armes Ding.

Zweimal wurd' mir die Liebe genommen,
Zuerst von Hamish – dem ich entronnen.
Und dann von dir, elender Verräter,
Schlimmer als Hamish, den ich töte später.

Doch jetzt bist du es, der muß sterben.
Werd' dir dein Rattenfelle gerben.
Pack dich, zieh's dir über die Ohren,
Niemand steht mir mehr im Weg, hab ich geschworen!

An dessen Kehle sie packt den Mann,
Drückt zögerlich erst, doch fester dann.
Erschreckend, dieser irre Schimmer
In ihr'n grauen Augen, die Schlitz' werden dünner.

Noch dünner der Faden der Lebenslust
Von Cameron – bereit der Tod für den Kuß.
Der Moment seines Scheidens steht bevor,
Deshalb preßt er folgende Wort' ihr ins Ohr.

Cameron: Im Augenblick, in dem ich sterbe,
Fühlst du das ganze wucht'ge Erbe
Des Fluchs, den ich nun auf dich leg',
Als Schreckgespenst gehst du dein' Weg.

Nicht nur mein jenseitiges Lachen wie Hiebe
Wird sein für dich, denn weder mit Liebe,
Noch Rast, noch Frieden dein Leben wird sein.
Auf ewig du weilen mußt ganz allein!

Als steinerne Statue sollst du am Tage stehn,
Nicht in der Lage, um Gnade zu flehn.
Doch hörst und riechst und siehst du es all',
Was um dich passieret in der Hall'.

Und nächtens du erneut wirst erweckt zum Leben,
Den Menschen im Schlosse du nur Angst wirst geben.
Häßlich und fies wird sein dein Getue,
Nicht grade damenhaft, bist besser 'ne Statue.

Von nun an wirst du sein gebund'
An jene Mauern und den Grund,
Wo so viel Grausamkeit fand statt …

Die letzten Wort' unausgesprochen,
Von güldnem Dolche unterbrochen.
Der Zaubrer fand ein jähes Ende,
Cameron starb durch Susannahs Hände.

Stille ist, was folgt nun allem.
Susannah starrt das Blut an,
Das sich vermischt mit schmutziger Erd',
Wird bald zu fauligem Schlamm.

Noch immer steht sie starr vor Schreck,
Nicht wissend, was sie getan.
Wie durch 'nen Schleier sie sieht die Welt,
Aller Frieden ist vertan.

Die Elfe Shirley, ihr erinnert euch,
Sie sah es so voraus,
Daß niemand bei ihr sein wird,
Wenn das Schicksal ihr macht den Garaus.

Shirley und ihre Freunde konnten nicht helfen,
Zu verhindern dieses Desaster,
In welchem Susannah nun versinkt,
Denn sie geht zurück zu ihr'm Master.

Eine unsichtbare Kraft sie zieht
Zu Hamishs Schloß, wo es anfing.
Gefühllos und ohne zu zögern sie geht,
Die Sach' zu 'nem Ende zu bring'.

*

Wochen gingen hin ins Land,
Seit Zaubrer Cameron ein Ende fand,
Seit Susannah zum Schloß zurückgekehrt
Und nun die Bewohner das Fürchten lehrt.

Sie benimmt sich wirklich wie ein Gespenst,
Doch anfänglicher Spaß wird Verdruß.
Das Spuken wird langweilig und sie weiß,
Daß mehr getan werden muß.

Mehr als umherzuwandern in der Nacht
Und zu produziern Geräusche gar schlimm.
Die Menschen zu vergrauln erfordert mehr,
Als ertön' zu lassen ihre Stimm'.

König Hamish in der Zwischenzeit
Hatt' so viele Mädchen und Ladys.
Er unterscheidet nicht Magd oder Adlige,
Er will nur hervorbringen Babys.

Und so geschieht's, daß Langeweil'
Wird bald zu blankem Haß.
Susannah hat satt, was Hamish tut,
Sie will's ihn spüren lass'.

Sie findet ihn auf seinem Bett,
Ein Mädel auf seinem Schoß.
Des Königs Augen geschlossen – sieht nicht,
Welch' Drama jetzt geht los.

Susannah stößt das Schwert hinein
In das Mädel, das sofort tot.
Zerschneidet sie, zwei Hälften falln
Vom Bett, welches nun tiefrot.

König Hamish blutüberströmt,
Seine Augen vor Schreck ganz weit.
Sitzt erstaunt und ungläubig blickend da,
Zur Flucht bleibt keine Zeit.

Schon fällt das Schwert herab auf ihn,
Teilt Kopf und Rumpf entzwei.
Sein Körper und der seiner Gespielin
Bleiben liegen nebenbei.

Susannah steht an seinem Bett,
Noch immer hält sie das Schwert.
Von oben bis unten mit Blut bespritzt,
„Oh, Herr!", es ihr entfährt.

Susannah: Oh, Herr, mein Herr, was tat ich mit Wonne?
Lebte ich doch früher wie eine Nonne!
Weder Mensch noch Tier krümmt' ich ein Haar,
Und nun wurd' ich zur Mörd'rin gar!

Trotzdem es ihnen recht geschieht,
Wer bin ich, daß ich entschied,
Wer leben darf und wer mußt' sterben?
Wie konnte ich nur so verderben?

Zu spät es ist um zu erkennen,
Daß falsch war, was sie getan.
Tränen fülln ihre grauen Augen
Und brechen sich kurz darauf Bahn.

Und seit genau jenem Moment
Weint sie, es gibt kein' Trost.
Denn ganz allein sie fühlt sich jetzt,
Niemand, der sie erlost.

Durch Camerons todesnahen Fluch,
Welcher last' schwer auf ihrer Brust,
Nächtens muß sie am Leben sein.
Kein Frieden für sie – nur Frust.

Die Menschen aus dem Schlosse
Rennen ängstlich auf und davon.
Die Nachricht vom mordenden Geist
Bringt alle aus der Façon.

Susannah vermißt ihre alten Freunde,
Doch die Elfen tun sich schwer,
Zu ihr zu kommen ob der Gerüchte,
Welche bald sind in Verkehr.

Tagsüber steinern, Jahr um Jahr,
Nachts sie ihr Schicksal beklagt.
Kein Mensch, kein Tier, keine Elfe, kein Geist,
Schaut vorbei oder nach ihr fragt.

*

Mehrere hundert Jahre der Einsamkeit
Verbringt sie in der Ruin',
In welche das Schloß immer mehr zerfällt,
Doch sie denkt nur an ihn.

Welch' schöne Zeit sie mit Euan gehabt,
Obwohl 's nur warn ein paar Stunden.
Der Tanz, seine Augen, seine Lippen und Liebe,
Es öffnen sich alte Wunden.

Und in genau jenen Gedanken
Sie einen Windhauch wahrnimmt,
Als unsre Elfe Shirley erscheint,
Ihr gebrochen Herz zu heilen beginnt.

Susannah ist außer sich vor Freude,
Die Freundin den Weg zu ihr fand.
Doch Shirley blickt so traurig,
Als sie Platz nimmt auf Susannahs Hand.

Die Elfe ist nun alt und grau,
Die Zeit so schnell verging.
Sie kommt, um „Lebewohl" zu sagen.
„Mach's gut, mein liebes Ding!"

Shirley:

Der Fluch hinderte uns daran zu sehn,
Daß du bist geläutert schon lange.
Wir wären doch zu dir gekomm',
Doch so war uns ganz schön Bange.

Soviel kostbare Zeit wurd' verschenkt,
Sind um des gemeinsamen Alterns beraubt.
Wir Elfen älter wurden dereinst,
Doch der Mensch nicht mehr an uns glaubt.

Er glaubt nicht länger, daß wir existiern,
Deshalb wir zu Licht zerfallen.
Hazel und Zoë sind schon fort,
Zwei unter den Sternen allen.

Susannah beschwört die Elfe,
Zu bleiben an ihrer Seiten.
Sie ist die einzige Freundin noch,
Die sie hat seit ewigen Zeiten.

Shirley:

Oh, ich kann nichts dagegen tun,
So sehr ich das auch versuch.
Bevor ich sterben werde,
Will ich mildern diesen Fluch.

Susannah sitzt da weinend
Und ringt gar sehr mit sich.
Sollt' sie die Offerte annehm'?
Am End' sie entscheidet: nicht.

Susannah:

Verschwend deine Kraft nicht noch an mich,
Nutz sie, deinen Weg zu gehn.
Hazel und Zoë haben dich nie enttäuscht,
Doch ich, drum laß mich stehn.

Shirley:

Ich liebte dich wie eine Schwester,
Ich liebt' dich von Anbeginn.
Vergessen ist, was einstmals war,
Nach Frieden steht mir der Sinn.

Hör auf zu weinen, denn ich weiß,
Daß wir uns wiedersehn.
In einer Welt, die weit entfernt,
Weit weg und wunderschön.

Mit aller Macht, die mir noch bleibt,
Nehm ich dem Fluch die Strenge.
'ne Susannah reinen Herzens soll komm',
Daß ihr deine Befreiung gelänge!

Ist sie die Richtige, sie sucht nach dir,
Ihr Rufen wird erschallen.
Erscheine ihr und sieh, was kommt,
Wenn Liebe und Licht fülln die Hallen.

Susannah:

Oh, Shirley, Elfe, kleine Schwester,
Tausendmal: Dankeschön!
Ich freu mich so auf jenen Tag,
An dem wir uns wiedersehn.

Shirley:

Doch jetzt ist's Zeit, das Ende ist nah,
Mein Herz ist gar nicht froh.
Oh, wein' doch nicht, Susannah mein,
Mach's gut, ich liebt' dich so!

Susannahs Augen tränenschwer,
Sie sieht nicht, wie die Elfe so klein,
In gleißendes funkelndes Licht aufgeht,
Der hellste Stern wird sie sein.

Ewig später Susannah erwacht
Aus dem Schlaf, der sie übermannte.
Shirley ist weg und sie bricht aus in Trän',
Schlimmer als man's je kannte.

So sitzt sie da, noch immer weinend,
Sieht die Welt um sich nur verschwommen,
Wo sich Krieg und Frieden und Könige abwechseln,
Die Dekaden gehen und kommen.

*

Eines Nachts Susannah hört ein Geräusch,
Das schnell wird alles andre als leise.
Verängstigt blickt sie nach oben,
Ein Flugzeug am Himmel zieht Kreise.

Doch was anfangs noch war so furchtbar,
Wird schnell zur gewohnten Sicht.
Bald fliegen Touristen übers Land
Und Susannah sieht ein Licht.

Ein Licht am Ende des Tunnels,
Der ihre Einsamkeit war.
So aufgeregt war sie lange nicht.
Es kribbelt vom Fuß bis zum Haar.

In der Nacht zuvor, da stand sie
Am Fenster und dort sie harrt,
's Morgenrot zu sehn und so sie
Zur Statue wieder erstarrt.

An kommende Nacht ist noch lange nicht
Zu denken bei dem Sonnenschein.
Susannah kann sich nicht rühren.
Sieh! Das dort müssen Menschen sein!

Nicht weit von der Ruine trennt sich
Ein Mädchen von seiner Gruppe.
Es kommt allein auf das Schloß zu,
Die anderen kochen 'ne Suppe.

Es riecht nach brennendem, harzigen Holz
Und Eintopf die ganze Luft.
Es steigt Susannah in die Nase
Ein wunderbarer Duft.

Und dann am Fuß des Schlosses
Eine langhaarige Schöne steht,
Deren Herz man hörn kann bis zum Dach.
Der Hauch einer Ros' sie umweht.

Wärme und Liebe ihr Gesicht strahlt aus,
Jetzt tritt sie ein in die Hall'.
Dies kann nur benannte Susannah sein!
„Hallo", ertönt ein Schall.

Sie ist es, auf die Susannah gewartet,
Seit Shirley ging auf in Funken.
Nun wird das alles enden,
Susannah ganz freudetrunken.

In der Ruine sind Schritte zu hörn,
Als Susannah die Treppe erklimmt.
Wieder ruft sie „Hallo!", „Susannah!",
Zwei Stufen auf einmal sie nimmt.

Als die Tür sich dann öffnet, oh, welch' Überraschung,
Das Mädchen seinen Augen nicht traut.
Wie Zwillinge die beiden sehen aus,
Sie selbst und die Highland-Braut.

Susannah: Oh, meine Liebe, wie kommt es nur,
Daß ich hierüber hatt' 'nen Traum?
Eine Stimm' mir im Schlaf erschien, die gesagt:
In Schottland such diesen Raum!

Und als Freunde vorhin dann hier mit mir
An dieser Ruine lang kamen,
Ich fühlt', als ob ich einst hier traf
Einen Mann mit Euan als Namen.

Als ich die Tür dann noch erblickte,
War's mir, als zog sie mich an.
Denn es dieselbe wie in meinem Traum,
Daß es wahr, ich kaum glauben kann!

Trotzdem du hier als Statue stehst,
Dein Körper gemacht aus Stein,
Unter all dem kann ich hören,
Dein Herz nach Freiheit schrein.

Susannah:
*(versuchend zu
sprechen, doch ist
nur in der Lage
zu denken)*

Oh, meine Güte, die Elf' behielt recht,
Dein Kommen sie sagte vorher.
Vom Himmel herab sie sprach zu dir,
Half mir noch einmal mehr.

Denn ich bin gebunden an dieses Schloß,
Kann nicht fliehn, was ich auch tu.
Du bist hier zu befrein mich vom Fluch.
Sag mir ganz ehrlich: Glaubst du?

Susannah:
*(antwortend,
denn sie kann
sie hören)*

Natürlich tu ich's, tat es schon immer,
Seit ein kleines Mädchen ich war.
Ich liebte die alten Geschichten,
Doch heut' nimmt sie keiner fürbar.

Sie glauben nicht an Elfen,
An Sprüche vom zaubernden Mann.
Als die Menschen damit aufhörten,
Die ganze Tragödie begann.

Die Elfen und die Feen verschwanden,
Seit Unzeiten bist du allein.
Mein Traum mir gesagt, los, finde sie.
Befrei sie, denn du bist rein!

Alles, was einen Anfang hat,
Das bisher ein Ende fand.
Ich trete auf dich zu, mein Lieb'
Und nehm' dich an die Hand.

Dein' Hand ist kalt, doch fühl ich wohl,
Daß drunter ist noch Leben.
Bist immer noch die Gleiche wie
Bevor du Hamish das Jawort gegeben.

Das Blut strömt zurück in Körper und Wange,
Eine liebende Freundin dir fehlte.
Die steinerne Hülle, sie fällt ab.
Ich bin die Auserwählte!

Ich war erkorn, dich vom Zauber zu befrein,
Den der Magier auf dich hat gelegt.
Alles Leid, aller Schmerz, alle Einsamkeit
Sind nun wie weggefegt.

Susannah: Ich weiß nicht, wie ich's sagen soll,
Doch vielen Dank, Sonnenschein!
Für das, was du mir Gutes tust,
Will ich dein Glücksstern sein!

Und dann die zwei Susannahs stehn
Nebeneinander, ganz dicht.
Als Susannah, das Mädchen, nimmt Susannahs Hand,
Die Königin löst auf sich in Licht.

Zuerst beginnt das Gesicht zu leuchten,
Das Kleid, die Händ', Haar und Haut.
Und um unser lieblich' Susannah herum
Blitzen Funken und's donnert laut.

Susannah, das Mädchen, welches war,
Die Errettung von Susannah, der alten,
Ihr wird ganz schwindlig, sie schließt die Augen,
Kann die Königin nicht mehr festhalten.

Susannah, einstmals ein schönes Ding
Und dann Königin aus dem Hochland,
Hat sich in Staub und Licht aufgelöst.
Die Tragödie ihr Ende fand.

Und plötzlich alles ist ganz still,
Kein Licht oder Staub den Atem tut rauben.
Susannah, das Mädchen von weit, weit weg,
Muß bis zehn zähln, um es zu glauben.

In völliger Stille steht sie da,
Es scheint der Mond mittlerweilen.
Bevor ein Erdgrolln die Ruine weiter zerstört,
Kann Susannah ihr noch enteilen.

Nur noch ein paar Mauern stehn,
Sie als Mahnmal gen Himmel ragen,
Für das, was begann hunderte Jahre zuvor
Und endete in unseren Tagen.

Doch vielleicht kommen wieder bessere Zeiten,
Daß an Magie und Elfen geglaubt werde!
Hoffentlich erinnern die Menschen sich,
Daß da mehr ist zwischen Himmel und Erde!

*

Die Kinder saßen schweigend neben dem Sessel ihrer Großmutter, noch immer gefangen in der Geschichte. Die Mutter lächelte bei ihrem Anblick, denn es kam selten genug vor, daß alle drei auf einmal still waren.

Es war bereits dunkel draußen, als die alte Dame ihr Märchen beendete und das Buch zuklappte.

„Wer ist das denn jetzt noch um diese Uhrzeit?", fragte sie, als es an der Haustür klopfte.

„Vielleicht ist es ja Cameron, der von den Toten zurückgekommen ist und dich in eine Maus verwandeln will?", stachelte der älteste Junge seine kleine Schwester an. Sie schnitt eine Grimasse und konterte: „Und du wirst ein häßlicher Frosch sein, wenn er mit dir fertig ist!"

Der andere Junge unterbrach sie lautstark und ihre Mutter wünschte sich umgehend die Ruhe zurück, die noch vor zwei Minuten geherrscht hatte.

Doch bevor alles wieder in ohrenbetäubendem Krach versinken konnte, wurde die Tür des kleinen Zimmerchens geöffnet und die Großmutter trat ein, dicht gefolgt von einer anderen alten Frau. Sofort hörten die Kinder auf sich zu streiten und starrten die Alte an. Diese trug ihre langen Haare zu einem Pferdeschwanz gebunden und hatte ein weiches, warmes Gesicht. Irgendwie kam sie den Kindern bekannt vor. Wenn sie ein weißes Kleid trüge … Nein, das war unmöglich!

Die Großmutter räusperte sich und sagte: „Kinder, darf ich euch meine liebe Freundin vorstellen? Vor vielen, vielen Jahren folgte sie einem Traum, welcher sie hierher führte. Seit damals kennen wir uns nun schon. Sagt „Hallo" zu Susannah!"